NAL

ERKEK SEVERSE

ANKA KUŞU

DESTEK
yayınları

DESTEK YAYINLARI: 489
EDEBİYAT: 174

NALAN GÜVEN / ERKEK SEVERSE

Genel Yayın Yönetmeni: Ertürk Akşun
Editör: Kemal Kırar
Kapak Tasarım: İlknur Muştu
Sayfa Düzeni: Cansu Poroy

Destek Yayınları: Ekim 2014
Yayıncı Sertifika No. 13226

ISBN 978-605-4994-94-6

Harbiye Mah. Maçka Cad. Narmanlı Apt. No. 24 K. 5 D. 33 Nişantaşı / İstanbul
Tel.: (0) 212 252 22 42
Fax: (0) 212 252 22 43
www.destekyayinlari.com
info@destekyayinlari.com
facebook.com/ DestekYayinevi
twitter.com/destekyayinlari

Pasifik Ofset Ltd.Şti.
Sertifika No. 12027
Cihangir Mah. Güvercin Cad. No. 3/1
Baha İş Merkezi A Blok Kat: 2 34310
Haramidere / İstanbul - TURKEY
Tel.: (0) 212 412 17 00

NALAN GÜVEN

ERKEK SEVERSE

ANKA KUŞU

"Aşk kaybetmektir aslında"

DESTEK
yayınları

Her ne istiyorsan kendinde ara…
Senin içinde bir can var, o canı ara…
Senin dağının içinde hazine var, o hazineyi ara…
Eğer yürüyen dervişi arıyorsan; onu senden dışarıda değil,
kendi nefsinde ara…

-Hz. Mevlana

Biricik oğluma...

NALAN GÜVEN

İstanbul doğumludur. Erenköy Kız Lisesi'ni bitirdikten sonra Yıldız Teknik Üniversitesi Kimya Mühendisliği'nden mezun oldu. Uzun yıllar özel bir şirkette çalıştı. Halen Anadolu Üniversitesi Türk Dili ve Edebiyatı Bölümü'ne devam etmektedir. Ortaokul yıllarından itibaren yazmakta olduğu şiir ve öyküleri çeşitli edebiyat dergilerinde yayımlandı.

Yazar, kitaplarının yanı sıra şiir ve yazılarını şahsi bloğunda, internet sitesinde ve edebiyat-kültür-sanat dergilerinde sürdürmektedir.

Nalan Güven'in daha önce yayımlanmış üç eseri bulunmaktadır.

• Ayten (Roman) 1. Baskı Eylül 2011, 2. Baskı Ekim 2011, 3. Baskı Şubat 2012

• Aşk Ölümdür (Roman) Eylül 2012

• Sevdanın Adı Bulut (Şiir) Eylül 2012

http://www.nalanguven.com.tr/
http://www.nalanguven.blogspot.com/
facebook.com/yazarnalanguven
twitter.com /nalangvn
instagram.com/nalanguven7

YAKIŞTI MI?

Dünyanın tüm çirkinliklerini bir rüyanın içinde bırakıp, yeni bir başlangıca göz açmak kadar basit olsaydı keşke uyanmak. Ve gecenin alacakaranlığına rağmen hayallerinde yarınların ümidini taşıyarak, birkaç saat sonra doğacak güneşin turuncu, pembe, mor renk cümbüşü şehrin çatılarındaki dansına başladığında toprağın altında yatan Melek'ini koluna takıp, çıkıp gidebilseydi bu ölüler diyarından.

***

Çamura saplanan ayakları saatlerdir çömelip kaldığı bedenini taşıyamayacak bir haldeydi. Kesilen titreyişinin yerini alan devinim ile vücudunun belden yukarısı sanki başka bir güç tarafından itilip çekiliyormuşçasına ileri geri sallanmaya başladı. Tırnak diplerinin içine kadar girmiş olan toprağın ellerinde bıraktığı kalıntılara aldırmadan, sevgilisini son kez okşayan aşığın itinasıyla kabarık mezarı yavaşça sıvazladı. Tahtaların üzerine yerleştirdikleri kefenin beyazlığı gözünü alıyormuş gibi sımsıkı yumdu gözlerini. Avucunu el yordamı ile toprağın ürperten tümsekliğinde gezdirdi. Uyuşmuş parmakları zorlanıyordu hareket etmeye. Melek'in teni belki hâlâ sıcacıktı. Gecenin soğuğu işler miydi onun cansız bedenine? Üşür müydü yoksa?

Düşüncelerinin içinde ardı ardına sorular sıralanırken, ağzından ne dediği anlaşılmaz sözler çıkmaya başladı: "Bunca çekilenler boşa olmamalı, diye yazmıştın mektuplarının birinde Melek'im... Oldu mu şimdi! Yakıştı mı bu son aşka! Sen sadece kendinden değil benden de vazgeçmişsin belli... Ya şimdi ben bana bıraktığın bu benle ne yapayım, söyle!"

Daha fazlasını getiremedi sözlerinin. Hıçkırıkları haykırışa dönüştü. İsyan cümleleri savruluyordu iniltilerinde. Hayata, kadere, alınyazısı denilen değişmez yazgıya küfürler boşalttı ağız dolusu.

Son yarım saattir durmuş olan yağmur kuvvetli bir gök gürlemesinin ardından şiddetini yeniden sergilemeye başladı. Rahmet damlalarının yerini alabilir miydi gözyaşları? Acının, pişmanlığın, nefretin, intikamın bedeli neydi? Ölüm mü?

Cenaze töreninde bulunanları hatırlamıyordu. Kimsenin yüzüne dahi bakmamıştı. Bir kişi hariç. Turgut'u gördüğü an yumruklarını sıktı. Ona doğru birkaç adım atmıştı ki, yanına gelen Birol bileğini kavrayarak onu durdurdu:

"Kendine gel. Olay çıkartma burada."

"Geberteceğim onu!"

"Sakin ol dostum."

"Bırak, bari suratının ortasına tüküreyim!"

"Saçmalama Bulut!"

Bunların dışında tören bitene değin kimse ile konuşmadı. Gerçekdışı yaşamın içinde aldığı rolü istemsizce oynayan bir yabancı gibi duruyordu kalabalığın içinde. Etrafını saranların kendi aralarındaki fısıltıları kulağına geldikçe, bedeni gibi sözleri de buz kesmişti. Kalabalık çekilip tek başına kaldığı zaman, uğuldayan beyninin odaları içinde gidenlerden geri kalan cümleleri yeniden duymaya başladı: "Nasıl da kıydı kendine... Vah zavallıcık, kimbilir ne derdi vardı... Aklını kaçırmış olmalı yazık... İnsan canına nasıl kıyar, anlaşılır gibi değil... Kaçıncı kattan atlamış öyle..."

"Neden yaptın bunu kendine Melek'im söyle? Sana söz veriyorum. Her kimse sebebi, tek tek intikamını alacağım. En başta da kendimden. Hani demiştik ya, "Mahşerde buluşacağız" diye. Yanına geldiğimde sana çektirdiklerimin bedelini ödemiş olacağım. Belki günahlarımdan arınmış olurum, beni affedersin ve o zaman senin aşkını hak etmiş olurum."

Acının dili olsaydı ne söyleyebilirdi? Alevler yükseliyordu göz pınarlarının içinden. Lavlarını püskürtecek bir yanardağın kızgınlığını taşıyormuş gibi kıstı gözlerini ve acıyı bedeninde hapsetmek istercesine sımsıkı yumdu.

Üzerine kapanıp hıçkırıklara boğulduğu toprağın sessizliği gibi bir sükûnete ermişti koca şehir.

GECENİN ŞAHİDİ

Ölüleri ürkütecek bir gürlemenin öncesinde çakan şimşek ile mezarlığın zifiri karanlığı göz alıcı aydınlığa büründü. Yerle gök yer değiştirircesine bastığı toprak sarsılmaya başladı. Çamura batmış ayakları balçık gölünün orta yerinde dibe doğru çekiliyor ve o boğuk bir fısıltı halinde dolaşan sesleri dinliyordu. Fısıltı gittikçe büyüdü, rüzgârın gücüne karşı gelmeye çalışan ağaçların hışırtısını bastıran uğultuya dönüştü. Karanlık gölgelerin arasında etrafını çevreleyen binlerce beyaz mermer taş ayağa dikilmiş, hep bir ağızdan aynı cümleyi söylüyor gibiydiler. Ölüler toprağının ayini olmalıydı bu.

Gecenin sessizliğini bölen kabir çığlıkları beyninin içinde yankılanıyordu. Boğazına takılan fakat cenaze boyunca atamadığı feryadı, tüm sesleri bastıracak güçteydi ama susuyordu. Korkmuyordu. Hatta bu görülmeyen kalabalığa minnet duyuyordu. Mevtaları bile ayağa kaldıracak büyüklüğe erişmiş olan kinini onun yerine ebediyete göçenler kusuyor olmalıydı. Öfke ve kızgınlık taşan homurtular ayrışmaya başladı ve her biri ayrı insan sesine dönüştü. Ayağa kalkan mermer taşlar teker teker ete kemiğe bürünüyordu. Birbirine tıpa tıp benzeyen, aynı görüntüye sahip çırılçıplak âdemoğulları, ürküten haykırışları ile bağırıyorlardı...

"Öldür onu... Öldür onu... Öldür onu..."

Olduğu yerdeki çamur batağına elini sokup iri bir taş parçası çıkarttı. Ağır adımlarla kabrin başında çömelmiş halde ağlamakta olan adamın yanına ulaştı. Nefesi onun çıplak ensesine değiyordu. Usulca kaldırdığı elini adamın başına tüm hızıyla indirdi. Defalarca vurdu aynı yere. Adam debelenmedi, kaçmadı, bağırmadı. Âdeta kendini öldürmesi için önündeki mezara yüzüstü kapandı ve bekledi. Kesik bir inilti çıktı boğazından. Her inen darbe ile etrafa dağılıyordu kopan et parçaları. Fışkırmaya başlayan kanın kokusu bastırdı toprak kokusunu. Avucunun içindeki kan kırmızısına bulanmış iri taş parçası taşıyamayacağı ağırlığa gelene, kolunda derman bitene dek vurmaya devam etti.

Nefes nefese kalmış, alnında boncuklaşmış ter damlaları ile yüzüne sıçrayan adamın kanı birbirine karışmıştı. Son nefesini vermenin huzurlu uykusuna dalmış gibi yerde boylu boyunca yatan cansız bedeni tiksinti ile izledi. Ellerine bulaşan kanı pantolonuna silerken midesi bulanmaya ve öğürmeye başladı. İçindeki organlar yerlerinden sökülüp ağzından dışarıya çıkıyor olmalıydı. Bunca öğürmenin ardından tükürdüğü acı yeşil, sarı renkteki safra suyuydu. Uğultular gittikçe azaldı. Az önce, "Öldür onu" diye bağıran sesler kesilmiş, çıplak bedenler yeniden mermer taşa dönüşmüştü. Mezarlık sahip olduğu sessizliğe gömüldüğünde, kurbanının kanını çekmekten doyan topraktaki birikintinin üzerine kendini bıraktı. Dudakları belli belirsiz kıpırdandı. Zoraki duyuldu ardını getiremediği Fatiha suresinin ilk cümleleri: "Bismillâhirrahmânirrahîm. El hamdü lillâhi rabbil âlemiyn. Errahmânirrahîym..."

***

Bir insanın Azrail'i olmak, insani duyguların yerine geçen can alma gücünü kullanmak ancak emri veren Yaradan'a sonsuz itaat hissi ile olabilirdi. Evet, işte o da sonunda ölüm meleğine dönüşmüştü. Artık Meleği ile yan yana, bedenleri birbirine değerek aynı toprağın altında yatabilirlerdi. Kimseye verilecek hesapları, kimseden alınacak intikamları kalmamıştı. Melek'in ince bileklerine dokunmak, uzun siyah saçlarını okşamak, sevda akan gözlerine bakmak, kollarına sardığında kalp çarpıntısını hissetmek ve tüm bunların ötesinde ebedi yolculukta yanında olmak, yüreklerine bu aşkı koyan yaratıcının onlara ödülü olmalıydı. Kaybettiği aşkını savaşarak kazanmıştı.

Sabah ezanı ile sessizliğin sırrı bıçak gibi kesildi. Kabristandaki mevcudiyetleriyle Allah'ın birliğini ifade eden selvi ağaçları, rüzgârın esintisi ile çıkarttıkları "huuu" seslenişinin ardından boyunlarını yere kadar eğmeye başladı. Uzun boylarına rağmen kıvrılan narin bedenleri toprağa secde ediyordu. İnsanoğlu ebedi uykusuna dalarken onlar yüzlerce yıl ayakta kalan ölümün bekçileriydi. Belki akla hayale gelmeyecek günahlarla dolu ruhların affına dua ediyorlar, belki de Melek ve Bulut gibi ölümün ayırdığı sevdalıların birbirine kavuşması için yakarıyorlardı. Ezanın bitmesiyle selviler doğrulttular başlarını eskisi gibi.

Etraf gündüzü kıskandıran, geceyi küstüren aydınlıkla ışıldayıp ardından kuvvetli bir gök gürültüsü ile sarsıldı ve sonra yine koyu lacivert rengine büründü. Gecenin şahidi yoktu. Her şey olması gerektiği haleydi artık mezarlıkta. Yağmur ve rüzgâr sabahın ilk ışıklarına kadar devam etti.

BEYAZ KARANLIK

Güneşin camı delerek yüzüne yansıyan aydınlığına tezat düşen bir hava vardı odanın içinde. Kasvet gölge gibi düşüyordu beyaz çarşaflardan üzerine. Kendinden bihaber yattığı günler bir haftayı doldurmuştu. Kör bir insanın görmeye başlaması gibi etrafındaki nesnelere, ona durmadan sorular soran tanımadığı insanlara, dakikalarca boş gözlerle baktı.

"Bulut Bey iyi misiniz?"

"Beni duyuyor musunuz?"

"Kapatmayın gözlerinizi lütfen."

"Bizi görüyorsunuz değil mi?"

Tekrarlanan sorulara cevap veremeyecek kadar yorgundu. Güçlükle kıpırdattı dudaklarını.

"Neredeyim?"

"Hastanedesiniz. Ben Doktor Raif Türkali. Meraklanmayın, durumunuz iyiye gidiyor. Bir süre burada kontrolümüz altında kalacaksınız. Şimdi dinlenin daha sonra uzun uzun konuşuruz."

Takip eden günlerde tuvalet ihtiyacı dışında ayağa kalkamadı. Sadece uyudu... Hiç uyumadığı kadar uyudu... Kâbuslar, sanrılar içinde gidip geldi, düşle gerçek arası zamanlarda. Benzer sahnelerdi hepsi ve aynı emirdi duyduğu:

"Öldür onu... Öldür onu..."

Ayaklarının dibinde cansız bir beden, dikilmiş mermer taşlar, dinmeyen öfkesi ve soluduğu havayı kaplayan o koku... Kendine geldiği vakitler başucunda duran limon kolonyasını boşaltıyordu avuçlarına ve defalarca parmak aralarını ovalıyordu. Kan kokusu ellerine, derisine işlemiş, sanki etine geçmişti. Dayanamaz olduğu ve nefes alamadığı zamanlarda bağırıyordu, "Camı açın" diye.

Günler yarı ayık, yarı uykuda geçiyordu. Doktorlar, hemşireler ve hasta bakıcılar dışında tanıdık bir çehreyi görmenin mutluluğu bile kısacık bir zaman dilimiydi onun için. Bulut'u ziyarete gelen tek kişi Birol olmuştu ve ancak ona söyleyebilirdi işlediği cinayeti.

"Anlat bana Birol. Ne arıyorum burada? Kim getirdi? Ne işim var bu tımarhanede?"

Birol'un suskunluğundan tereddüdünü sezip ısrarına devam etti. Gerçeği öğrenebileceği başka kimsesi yoktu.

"Susma, konuş! Beni deli diye kapattıkları bu beyaz karanlıkta güvenebileceğim kimse yok. Anlıyorsun değil mi?"

Birol onun çaresiz yakarışlarını dinlerken odanın içinde istemsiz halde dolaşıyordu. Dışarıdaki havanın ayazı ağzından çıkan kelimeleri de dondurmuş gibiydi, bir türlü başlayamıyordu söze. Bulut'un üzerinden kayan battaniyeyi düzeltti, bir iki kez öksürdü, genzini temizledi ve sonunda o günü anlatmaya başladı: "Cenaze töreninin ardından mezarlıkta kaldın. Benimle gelmen için çağırdığımda duymadın bile. Ben de seni orada bırakıp döndüm.

Ertesi gün bir hastane yetkilisinden telefon aldım. Cebinden çıkan kartvizitimden bana ulaşmışlar. Sabah kabristan görevlisi seni baygın halde bulmuş. Ambulans çağırmış ve en yakın hastaneye kaldırmışlar. Kendine gelince sağa sola saldırmaya, vurmaya, bağırmaya başlamışsın. Oradan Bakırköy'e nakletmişler. Kuvvetli bir sinir krizi geçirdiğini söylediler. Birkaç gün boyunca uyutuldun."

Hemşirenin odaya girmesi ile sustu Birol. Kadın elindeki ilaç tepsisini yatağın ayakucuna bıraktıktan sonra söylenerek açık olan pencereye doğru ilerledi.

"Aa yine mi açık bu cam! Buz gibi olmuş odanız. Şu camı ben kapatıyorum siz açıyorsunuz!"

Sinirli hareketlerle pencereyi kapatıp, perdeyi de örttükten sonra Bulut'a içmesi gereken ilaçları verdi ve aynı telaşla çıkıp gitti.

Bulut'un, "Devam et" diyen sesi, mezarlıktaki o gece hakkında arkadaşının ne kadarını bildiğinin endişesini taşıyordu.

"Hastaneye gelip seni o halde görünce beynimden vuruldum. Mezarlıkta tek başına bırakmamalıydım. Çok pişmanlık duydum. Keşke bekleseydim, gitmeseydim."

Birol başına eğdi, suçundan utanan bir insanın mahcupluğu içinde bakışlarını kaçırdı.

"Bir an önce toparla kendini dostum. Elvan'a da yalan söylemek zorunda kaldım. Onu görmek istemediğini söyleyemezdim. Herkes senin için endişeleniyor. Elvan, Betül, çocuklar..."

Birol, sesinin titremeye başladığını fark edince duraladı, sözlerini tamamlamadan sustu. Odada asılı kalan sessizlik Bulut'un sorusu ile bozuldu.

"Peki ya annem?"

"Annen de durumunu bilmiyor. Ona benimle birlikte olduğunu ve bir süre yalnız kalmak istediğini söyledim."

"İnsanlar benim deli olduğumu düşünüyorlar değil mi? Anlamıyorlar..."

Bulut gözlerini tavanda bir yerlere sabitleyerek sustu. Eskiden olsa başkalarının onun hakkında neler düşündüğünü önemsemez, hatta için için onlarla eğlenirdi. Oysa şimdi acı çekiyordu, hatta hakikati bilmedikleri için üzülüyordu.

"İnsanın gerçeği yalnız kendisinin bilmesi ne zor bir şey! Oysa onlar anlamıyorlar bunu. Hayır, anlamıyorlar" diye fısıldadı.

O gecenin hayali asılı duruyordu belleğinde. "Bu kadar kolay mıydı adam öldürmek? Ya şimdi ne olacak" diye geçirdi içinden. "Onu öldürmeme rağmen neden hiçbir şey düzelmedi? Acım yerli yerinde duruyor, öfkem eskisinden daha fazla. Beynimin içinde bana ait olmayan bu seslerle bedenimi taşıyamayacağım bir yorgunluk içindeyim."

Birol düşüncelerini böldü. "Neymiş anlamadıkları?"

Sırtını yasladığı yastıktan öne eğerek etrafına doğru bakındı. Aralık oda kapısından koridorda dolaşanlar görülüyor ve ayak sesleri içeri yayılıyordu. Yerleri paspaslayan hademenin kapının önündeki işini bitirmesini bekledi. "Yaklaş" diye fısıldadı ve ardından Birol'un dahi zor duyacağı sesle konuşmaya devam etti:

"Sana bir şey söylemem lazım. Beni boş yere burada tutuyorlar. Bu ilaçların fuzuli içiriyorlar. Yanlış yerdeyim."

"Ne demek bu?"

"Hapishanede olmalıyım."

"Bunu da nereden çıkartıyorsun?"

Bulut'un sesi daha da kısık çıktı: "O pisliği geberttim!"

"Ne?"

"Ben o gece mezarlıkta Turgut'u öldürdüm!"

Şaşkın ve korkmuş bir ifade oluştu Birol'un bakışlarında. Damarlarından kanının çekildiğini hissetti, kalbi sıkıştı, hızlı hızlı solumaya başladı. Başına aniden ağrı saplanmıştı. Tansiyonu yükselmiş olmalıydı. Bir şeyler söylemesi lazımdı ama ne demesi gerektiğini toparlayamıyordu. Pencereye doğru birkaç adım attı. Akşamın çöken karanlığı odayı daha kasvetli hale büründürüyordu. Koridordan içeri sızan ışık loşluğu dağıtmaya yeterli değildi. Perdeyi açmak istedi vazgeçti. Elektrik duyuna bastı. Sarı ışık yayıldı içeriye. Birinin bağırması duyuldu, ardından telaşlı koşuşturmalar ve bir sedyenin tekerleklerinden çıkan gıcırtı. Birol susmaya devam ediyordu. O sustukça çoğalıyordu dışarıdaki sesler. Doktorlar, hemşireler, hastalar, her kim varsa konuşuyordu sanki ve gürültüye dönüşüyordu birbirine karışan laflar. Sadece Birol'du susan. Oysa içinden kendine soruyordu beynini zonklatan soruyu: "Yoksa gerçekten mi delirdi?"

"Katil oldum diyorum sana, anlıyor musun! Cevap ver..."

Birol, uzun bir duraklamanın ardından kelimeleri seçerek karşılık verdi: "Turgut'la daha dün telefonda konuştum."

Susma sırası Bulut'a geçmişti. Birden mezarlıktaki gecenin sessizliğine döndü hastane. Sadece rüzgârın üfürüğü ve ağaçların uğultuları kapladı etrafı. Beyaz gölgeler oluşmaya başladı. Minik kırmızı lekeler belirdi gözlerinin önünde ve git gide büyüdüler. Baktığı her yerde aynı kırmızılık vardı. Korkuyordu gördüklerinden, duyduklarından. Herkes mi yalan söylüyordu? Birol da mı gizliyordu gerçeği? Nefesi tıkandı. Sesi boğuklaştı.

"O öldü..."

Birol, arkadaşının uzamış sakallarının ardındaki sararmış benzine, alnına düşen akçıl saçlarının karmakarışık haline acıyarak baktı.

"Yanılıyorsun, yok öyle bir şey."

Bulut gözleri boşlukta, ağzı yarı açık halde öylece duruyordu ve aniden doğrulup hiddetle bağırmaya başladı: "Hayır! Hayıır!"

Titreyen alt dudağından tükürükler saçılıyor, bakışlarından kıvılcımlar çıkıyordu. Odanın içini saran uğultuda Turgut'un can verirken çıkarttığı iniltisini duyuyor, dile gelen mezar taşları beyninin içinde haykırıyordu. Onun kana bulanmış cansız bedeni gözlerinin önünde belirdi.

"Öldürdüm diyorum sana Birol. Ben kendi ellerimle ezdim kafasını. Defalarca taşla vurdum. Kanlı kıyafetlerim şu dolabın içinde olmalı. Aç bak gör kendi gözlerinle."

"Turgut hayatta Bulut. Ölmedi. İnan bana."

Titremesi önce sesine ardından tüm vücuduna yayıldı, başı önüne düştü. Gövdesi öne doğru büküldü ve fısıldayarak yalvarır gibi sordu.

"Kimi öldürdüm o zaman?"

"Sen kimseyi öldürmedin. Taşla kendi kendine vurmuş olmalısın. Seni bulduklarında yara bere içindeymişsin."

Birol, arkadaşını sıkıca kolundan kavrayarak yatağından kaldırdı. Odanın içindeki tuvalete doğru sürükledi.

"Ne yapıyorsun? Bırak beni!"

Bulut'un karşı koyacak dermanı yoktu. Un çuvalı gibi çekiştiriliyor ama direnç gösteremiyordu. Sadece emir veren bir ses yankılanıyordu kulaklarında.

"Kaldır başını aynaya bak. Bak şu kaşının üzerine. Taşla vura vura yarmışsın..."

Kanlı toprak kokusu sardı helanın içini. Keskin leş kokusu geldi burnuna. Bulut öğürüyordu. Hiç durmadan öğürmeye başladı. Yeni bir sinir krizinin eşiğinde bedeni sarsılıyordu. Birol arkadaşının başını lavabonun musluğuna dayayıp suyu açtı. Soğuk su Bulut'un yüzünü yalayıp geçtikçe titremesi daha çok artıyordu. Ağzının içinde mırıldandığı sözcükler dışarı çıkamadan sönüp gidiyordu. Delirmek katil olmaktan daha mı kötüydü? Son bir gayretle arkadaşının koluna tutundu. Yere yığılırken aynı cümleyi tekrar ediyordu.

"Yardım et... Deliriyorum... Yardım et..."

BEDEL

Birol pencerenin kenarına çektiği tahta tabureye oturmuş, mutfak camına vuran yağmur damlalarını izliyordu. Her küçük damla önce kendine yol çiziyor sonra bir diğer damla ile birleşip büyüyor ve hızlıca aşağıya kayarak düşüyordu. Çayını bitirdikten sonra bardağı pervazın kenarına bıraktı. Radyodan sabah haberlerini okuyan spikerin sesine, Betül'ün kahvaltı bulaşıklarını makineye yerleştirirken çıkarttığı sesler karışıyordu. İçerinin hararetinden camda oluşan buğulanmayı elinin tersi ile silerek dışarıyı seyretmeye devam etti.

Asfaltın üzerinde birikmiş olan yağmur suyu gölcüklerinin arabaların geçişi ile etrafa sıçrayışı, Bulut'la beraber Kumburgaz'da yaşadıkları sağanaklı bir geceyi hatırlattı. İkisi de zilzurna sarhoştu. İliklerine kadar ıslanmışlar ama yine de Bulut'un sevgilisinin evinin önünden sayısız kereler volta atmaktan vazgeçmemişlerdi. Gecenin sonunda kumsalda uyuya kalmışlar, sabah uyandıklarında ıslak kıyafetlerine yapışan yosun ve kumdan oluşmuş görüntüleri ile birbirlerine bakıp kasıklarına ağrı girene kadar gülmüşleri. "Ne günlerdi" diye içinden geçirirken dudaklarına yayılan gülümsemesi, Bulut'un bir gün önce kendini kaybetmeden evvel ki sözleri ile dondu ve yerini kederli bir hâle bıraktı.

Hatıraları geçmişin pişmanlığı ile oradan oraya savruluyordu. İnsanın yaptığı hatalar yıllar sonra bile peşini bırakmıyordu. Keşke zamanı on yıl öncesine alabilseydi ve Bulut'un yazdığı o mektubu sahibine ulaştırsa, Betül ile Turgut'un yalanlarına alet olmasaydı. Belki iki sevgili zamanında kavuşur ve böyle bir sona ulaşılmazdı. Üzerinden seneler geçmesine rağmen pişmanlığı hep içinde taşımış, suça ortak olduğu için kendinden nefret etmiş, fakat kimseyle bu durumu paylaşmamıştı. Hapsolan her sır gibi sakladıkları günden güne ağırlaşıp taşımaktan zorlandığı bir yürek ağrısına dönüşmüştü.

"Bir çay daha ister misin canım?"

"Hayır. Sağ ol."

"Ne kasvetli bugün hava..." Betül'ün sesi bir süre boşlukta asılı kaldı. Birol daldığı düşüncelerinden ancak onun seslenişi ile çıkabildi.

"Sana diyorum hayatım. Duymuyor musun?"

"Kusura bakma dalmışım. Bulut'u düşünüyordum."

Betül küçümseyen bir gülüşün ardından, kinayeli bir halde, "Belli" diyerek alaycı konuşmalarına devam etti.

"Gitmiyor musun hastaneye? Böyle arpacı kumruları gibi düşüneceğine kalk da git."

"I ıh" demekle yetindi Birol.

Betül çay posalarını çöpe atarken bir kısmı yere saçıldı.

Söylenerek eğildi, koparttığı kâğıt havlu ile dökülenleri temizledi.

"Ne o, çabuk bıktın bakıyorum sevgili arkadaşından!"

"Dün biraz hırpaladım onu. Kendimi iyi hissetmiyorum."

İri siyah gözlerini daha da açarak, "Nasıl yani, dövdün mü" diye hayret çığlığı attı Betül.

"Yok artık... Ne dövmesi! Sadece kendine getirmekti niyetim. Aklını başına alsın istedim o kadar. Ama galiba biraz dozunu aştım."

Betül elindeki bezle mutfak tezgâhını çar çabuk silerek bulaşık eldivenlerini elinden çıkartıp bir tabure çekti ve kocasının yanına oturdu.

"Şunu başından anlatsana. Neler oldu?"

"Turgut'u öldürdüğünü sanıyor."

Betül hayretler içinde, "Aaaa... Deli mi ne" diyerek koca bir kahkaha patlattı. Gülmekten zor konuşuyordu.

"Benim de dediğim lafa bak. Deli tabii. Bakırköy'e boşuna yatırmamışlar adamı. Akıllı olsa orada işi ne?"

Birol öfkeyle baktı yanındaki kadına.

"Yeter artık, uğraşmayı bırak Bulut'la! Ne alıp veremediğin var anlamıyorum? Adamın derdi zaten başını aşmış, sen dalga geçiyorsun."

Betül bir an için kocasının suratına gerçeği haykırmak, yıllardır omuzlarında taşıdığı yükü oracıkta bırakmak ve vicdanın sesinden kurtulmak istedi. Ancak kulaklarında uğuldayan şeytanının sesi daha güçlüydü ve de bir yalanı yaşamaya devam ettirecek kadar cesaretsizdi. Yıllar öncesindeki Bulut'un gözleri yine değmiş gibi teninin yandığını hissetti.

Alev alev sıcaklık yayıldı gövdesine. Bir otel odasında tek geceye sığdırılmış çalıntı zamanı paylaşmışlardı. Çatıya açılan küçük balkonda onu kucaklamış ve havaya kaldırmıştı. Betül de bacaklarını dolamıştı Bulut'un güçlü gövdesine. O zaman anlamıştı kadınların bu adama nasıl âşık olduklarını. Ne en yakın arkadaşının sevgilisi olması ne de evli olması onu engelledi. O gece her yasağın unutulduğu zamandı. İhtirasın doruklarında çığlıkları karışmıştı birbirlerine. Gecenin karanlığında mehtabın şahitliğinde ermişlerdi sabaha. Sonrası yoktu. Fakat her göz göz geldiklerinde, duydukları utancı şehvetin hazzı ile örttükleri bakışmalarında, sevdikleri kişileri aldatmayı fikren sürdürmüşlerdi. Ta ki Betül'ün bu kaçamağı fiilen tekrar arzuladığını Bulut'a söylediği güne kadar.

"Bitti o iş kızım. Bir kerelikti anlamadın mı? Kafamız iyiyken yedik o haltı" diyen alaycı sözleri ile kullanılıp kenara atılmışlığı yaşadı. İncinen gururu ile Bulut'a düşman kesildi. Bunu defalarca Birol'a anlatmak, suçu ona yüklemek, "Beni o kadar ilgisiz bırakmayacaktın. Kadınlığımı yaşatmadın. Senin yüzünden" diye bağırmak istedi, yapamadı. Fakat hiçbir sır gizli kalmazdı. Sonunda Melek'e bunu itiraf etmişti. Melek'le yaptığı o son konuşma hafızasından gitmiyor, bazı geceler Melek'in haykıran sesi uykularını bölüyordu.

"Neden bana Bulut'un geldiğini söylemediniz? Sen benim kardeş bildiğim, güvendiğim insan, 'Sırdaşım, dostum' dediğim tek insandın. Onun geri döndüğünü, beni görmek istediğini benden nasıl gizlersin? Nasıl yaparsın bunu, cevap ver?"

Şimdi o anları yaşamamış olmayı ne çok arzu ederdi. Gözünün önünden silemediği sahne ile vicdanı temizlenmeyecek kadar kirletilmiş ve Melek'in mutluluk oyununu öğrenmiş, onun acıları ile yüzleşmişti. O günden sonra zaman/mekân olmadan sadece Melek'le yaptıkları konuşma kalmıştı geriye. Sözler ince bir misinayla boynuna dolanmış gibiydi ve asılı kaldığı bu suçluluk duygusunun ipinde nefesi daralıyordu.

"Seneler önce Bulut size gelip benimle görüşmek istediğini söylemiş. Bana bir mektup bırakmış."

"Eee ne olmuş yani? O mektup hâlâ duruyor. Sakladım, sana vermedim. Evliliğin bozulmasın diye seni korudum. Sen de kalkmış bana yıllar sonra hesap mı soruyorsun? "

"Ne evliliği? Senelerdir cehennem azabı yaşıyorum."

"Bana neden söylemedin? Mutlu bir evliliğin olduğunu zannediyordum."

"Sen görmek istediğini görüyordun. Senin uygun gördüğün bir evlilikti bu. Benim de fazla seçeneğim yoktu zaten. Kabullendim. Ve sonrasında sustum. Seni üzmek istemedim. Bunun kimseye bir yararı olmazdı."

"Bilmiyordum..."

"Evet, ne çok şey bilmiyordun... Sırf Turgut istiyor diye çocuğumu aldırdığımı, kocamın beni aldattığını, üstelik başka birinden çocuğu olacağını..."

"Neler diyorsun sen? İnanmıyorum sana."

"Cevap ver Betül? Bize bu kötülüğü neden yaptın?"

"Çok uzun zaman geçti üzerinden. Şimdi neden bana bunları soruyorsun?"

"Çünkü ben daha yeni öğrendim. Cevap ver bana!"

"Ben senin iyiliğin için söylemedim. Aklın karışıp, evliliğin bozulmasın diye. Hem dördümüz çok iyiydik. Sen, ben, Birol, Turgut."

"Sen kendini düşündün desene! Eğer Bulut tekrar hayatıma girseydi senin de bu sacayağın bozulacaktı dimi? Çünkü Bulut'u hiç sevmedin sen!"

"Bir zamanlar sevmiştim…"

"Ne diyorsun sen?"

"…"

"Konuş, ne demek bu?"

"Bulut'la kısa süren bir ilişkim oldu. Hepsi bu. İşte öğrendin gerçeği şimdi için rahat mı?"

"…"

O andan sonra Melek'in sessizliği ile her şey zifiri karanlığa gömülmüştü. Söylemişti işte en söylenmezi, yıllarca içinde sakladığı sırrı. Belki de en yakın arkadaşının ölümüne sebep bu itirafıydı. Bulut'tan şimdi nefret ediyor, onun adını her duyduğunda içini kaplayan pişmanlık, kinle birleşip öfke fırtınaları estiriyor, kocasına karşı hırçınlaşıyor ve bu yüzden tepkilerini belli ediyordu.

Geçmişin düşüncelerinden geri döndüğünde bile hâlâ aynı kızgınlığı yaşıyordu.

"Sevmiyorum Bulut'u zorla mı?"

Birol bakışlarını karısından kaçırarak bezgin bir halde söylendi.

"Tamam Betül. Şu an bunu tartışacak durumda değilim."

"Peki… Devam et. Merakta bırakma insanı. Nereden çıkarıyormuş Turgut'u öldürdüğünü? Kendi mi söyledi?"

"Evet kendi söyledi. Hayal ürünü hepsi. Daha doğrusu öyle olduğunu zannediyor. Bunlar hastalığının belirtileriymiş."

"Nasıl yani?"

Dışarıdaki yağmur şiddetini artırmıştı. Betül oturduğu tabure rahatsızca kıpırdandı. Birol camları döver gibi vuran yağmurun gürültüsünü bastırmak için sesini yükseltti.

"Madde psikozu, dedi doktor."

"Hıh, bir de tedavi oldu, diyordun. Gördün mü hâlâ uyuşturucuya devam ediyormuş Bulut Efendi."

Hızla ayağa kalktı Birol. Hiddetle bağırdı.

"Ya, bir dinle. Adam yıllar önce tedavi oldu. Kaç kere dedim sana, bırakmıştı…"

"Eee?"

"E'si bu işte. Herhalde cenaze günü içti. Mezarlıkta bıraktığım o gece esrar içmiş olmalı."

"Bir kere içti diye mi delirmiş yani?"

Birol cevap vermeden önce tezgâhta duran paketten bir sigara çıkartıp yaktı. İçine çektiği derin nefesten sonra dışarı bıraktığı dumanla birlikte sinirini de soluyor olmalıydı.

"Of Betül! Doktorun dediğine göre böyle işte. Öncesinde bağımlılık tedavisi gören biri yıllar sonrasında geçirdiği travma ile bu hale gelebiliyormuş. Gerçeklerden kaçmak için madde kullanmış olabilir diyor Raif Bey."

Yutkundu. Boğazında kocaman bir yumru, pişmanlık lokması gibi tıkamıştı nefesini.

"Bırakmamalıydım mezarlıkta, onu bu halde görmek beni kahrediyor" dedi usulca ve daha fazla konuşamaz oldu.

Betül de alaycı tavrından sıyrılmıştı. Hatta bir ara gözlerinin dolduğunu fark etti. Fakat kendinle olan sessiz kavgası bitecek gibi değildi. Kime kızacağını bilememenin kızgınlığı vardı içinde. Kendine, kocasına en çok da Bulut'a. Bu olanlarda payı olduğunu biliyor olmasına karşın sıraladığı hafifletici sebepler vicdanını rahatlatmaya yetmiyordu; "Melek'le tekrar bir araya gelmelerine dayanamazdım. Onları yeniden bir arada görmeye nasıl tahammül edebilirdim ki" diye düşündü. İçinden yayılan ateş, saç diplerine kadar yükseldi. Uzun zamandır içmeyi bıraktığı sigaraya uzandı eli. Yeniden başlamak için bundan daha sıkıntılı bir an ve daha büyük bahane bulamazdı herhalde. Çektiği nefesle soluk borusunun ve ardından ciğerlerinin yandığını hissetti. Birkaç kesik öksürüğün ardından kafasını kemiren düşüncelerine geri döndü. Anlaşılan o ki, geçmişin kıskançlıkları ve pişmanlıkları peşini hiç bırakmayacaktı.

"Elvan aradı dün yine. Ben bilmiyorum, Birol'a sor diye geçiştirdim."

"Ne diyor?"

"Ne desin ki kadın! Kocasını soruyor. Gittiğinden beri telefonlarıma çıkmıyor, benden bir şey mi saklıyorsunuz diyor."

Birol, sıkıntılı bir oflayışın ardından sessizce söylendi.

"Merak ediyor, haklı. Ben de ne yapacağımı şaşırdım. Bir süre Bulut'u kendi haline bırak dedim ama daha ne kadar oyalayabilirim ki!"

"Tedavisi uzun muymuş peki?"

"En geç iki hafta dedi doktor. Sonra normale dönermiş. İlaç tedavisi ve psikolojik terapi devam edecekmiş."

Betül, her ne kadar aldırmaz gibi dursa da sesi derinden ve endişeliydi:

"İyi bari. Bir an önce toparlansın ailesinin yanına dönsün."

"İnşallah" dedi Birol ve bir kez daha, "İnşallah" diye tekrar etti içinden.

Arkadaşının yeşil demir parmaklıklı pencerenin ardında yaşadıkları belirdi gözlerinde. Onu kollarından tutan iki iri cüsseli görevlinin arasında çırpınışlar içinde bırakıp giderken damarlarına zerk ettikleri sakinleştirici ile kendinden geçişi ve inriltileri sardı hayalini. Hastanenin bahçesindeki bankta oturmuş, uzunca süre ayrılamamıştı oradan.

Ayrıcalık mıydı akıl sağlığı yerinde bir insan olmak? Sokaklar akıllıyım diye geçinen ruh hastaları ile doluyken, aklın oyunlarına ayak uydurmak pahasına bataklığın balçığında debelenmek veya dere kenarındaki yosun tutmuş bir kaya parçasının üzerine tünemiş gibi bu dünyayı uzaktan izlemek… Yarının bizler için ne sürprizler hazırladığını bilmeden, delilik sınırlarında gezinirken, gün gelip yeşil parmaklıklı bir binanın ardından dünyaya bakacağımızı tasavvur dahi etmeden, gözü açık gerçekdışı bir rüyanın esareti içinde yaşayıp gitmek…

Oysa hayat ne gizemler, ne sırlar barındırıyordu içinde ve bir gün herkes bedelini ödüyordu hatalarının, belki farkında olarak belki de olmadan kendi cezasını çektiğinin…

EN BÜYÜK İNTİKAM

Çevresi camdan bir kale ile sarılmış ve sonsuz ıssızlığa hapsolmuş gibi hissediyordu kendini. Kaçıp kurtulmak istemediği sığınağında her geçen gün kinini, nefretini daha çok besleyip içinde büyütürken, hesap soracağı anı sabırla bekliyordu. Buradan çıkıp gittiğinde intikamını alacak ve o zaman Melek ile aynı mezara gömdüğü ruhu özgürleşecekti.

Yattığı yerden aynı tabloyu görüyordu; kimi zaman aydınlık, kimi zaman karanlık, bazen sisli, bazen ıslak bir gökyüzü. Sadece duvardaki akreple yelkovanın yer değiştirmesiyle dönüşüme uğrayan, camın arkasından sessiz film gibi oynayan ve ulaşılamayan bu eser, küçücük pencereden dahi Allah'ın gücünü ve varlığını sergilenmesiydi.

Çocuk yaşlarından itibaren hep sevmişti bu manzarayı. Kumburgaz'da vakit buldukça kaçıp sahile gider, en ücra yerde bir kayanın tepesine oturur, saatlerce gökyüzünü ve uçsuz bucaksız maviliği seyrederdi. Belki de görülmez bir bağ vardı adını aldığı bulutlarla arasında. Amcasının ekmek fabrikasında çalıştığı günlerde yorgunluktan kendini bıraktığı un çuvallarının üzerinde hayallere dalar, dükkâna ait deponun tavan boşluklarından çizgi kadar gözüken dünya çatısının maviliği, düşlerinde gezindiği hudutsuz tarlaların yeşili ile birleşir ve korkusuzca bilmediği ülkelere giderdi. Tahta bacaklı atına biner, perdesiz sahnelerde tek kişilik oyununu oynardı. Yalnızlık çocuk yüreğine acı vermezdi. Hayali kahramanları vardı konuştuğu, güldüğü, gezdiği.

İlkokula başladığı gün annesi okulun bahçesinde bırakmıştı elini. "Hadi bakalım koca adam oldun artık. Hem okuyacak hem de evimize bakacaksın. Okul çıkışı amcanın fırınına git. Orada sana işi öğretecekler. Sen evin erkeğisin, bunu unutma sakın" diyerek sırtını sıvazlamış ve yanağına bir öpücük kondurup gitmişti. O günden sonra tek kahramanı kendisiydi.

Pınar ilk aşkıydı. Tombul, kızıl saçlı, ufak tefek, güler yüzlü bir kız. Aynı apartmanda oturuyorlar, aynı okula gidiyorlardı. Sabah okul yolunu birlikte yürümek için erkenden kalkar, camın önünde onun sokağa çıkışını gözler ve her sabah birkaç adım arkasından yürüyerek sevdiği kızın babasının elini sımsıkı tutuşunu izlerdi. Pınar'ın babası okulun bahçe kapısına kadar kızının elini bırakmaz ve yol boyu ona bir şeyler anlatırdı. Baba kızın konuşacak ne çok şeyleri olurdu.

Sadece dedesine bahsetmişti Pınar'dan.

"Dede, babam yaşasaydı o da beni sabahları okula bırakır mıydı?"

"Sen erkeksin evlat. Buna imkân olsaydı bile sen izin verir miydin?"

Susmuştu. Aynı evi paylaşan dedesi, büyükannesi ve annesi gibi o da sorularını hep içinden sordu o günden sonra. Babasının adının neden geçmediğini, aile albümlerinin neden kilitli bir dolapta tutulduğunu, annesinin parmağından çıkarmadığı alyansı ile geceleri neden hesaplaştığını ve daha nice cevapsız soruyu sakladı gizemli dünyasına. Babasının öldüğü zamanki yaşına bastığında öğrenecekti annesinden, bir kadının kırgınlıklarına rağmen hâlâ onun aşkına nasıl sımsıkı sahip çıktığını.

"Bazı hikâyeler anlatılmaz" derdi annesi ve susardı. Günlerce hiç konuşmadığı olurdu. İşte o zamanlar onun kızarmış gözlerinden, şişmiş göz kapaklarından suskunluğun en ağır cümlelerini okurdu. Hikâyesi olmayan insanları kıskanırdı. Acının insanı büyütmediğini, aksine bazı acıların kişiyi görünmeze dönüştürdüğünü, silikleştirdiğini, küçülttüğünü ve de ezdiğini öğrendi. Onun için acının tanımı, kayıptı. Üstelik babasının kaybı ile başlayan yitirilmişlik hiç yakasını bırakmayacaktı.

Dedesiyle kareli kâğıt üzerine çizerek oynadığı Amiral Battı'da denizaltısı batınca ağlamaktan vazgeçişi ve arkadaşları ile her misket karşılaşmasından sonra yaptığı sokak kavgalarında dövüşmekten kaçmayışı, annesine karşı verdiği birer güç gösterisi olsa da her kaybediş ayrı ayrı canını yakardı.

Küçük dünyasında birlikteyken kendini iyi hissettiği tek kişiydi Pınar. Yanında olması gerekmiyordu. Gece yatağına yattığında hayaller kuruyor, her düşündüğünde kalbi havalanıyor, yüzünde gülümseme oluşuyor ve içini tanımadığı bir duygu kaplıyordu. Teneffüslerde onu uzaktan izliyor, bahçede fırsatını kollayıp yanına gidiyor, bazen de beslenme çantasındaki sandviçinin yarısını onunla paylaşıyordu.

Pınar sınıf başkanıydı. Öğretmenin derse geç geldiği bir gün, tahtadaki yaramazlık yapanlar listesindeki Bulut'un adını silivermişti. Öğretmene ispiyonlamıştı diğer çocuklar.

"Öğretmenim Bulut'un da adı yazılıydı... Bulut da çok konuşuyordu..."

Pınar suçlu suçlu önüne bakmıştı. Yüzü kızarmıştı.

Okula gidiş sebebiydi o. Tatil gelsin istemezdi. Her sene okul kapanır kapanmaz Pınar ailesiyle birlikte Ayvalık'taki yazlıklarına giderdi ve Bulut sabırsızca dönüşünü beklerdi. O zamanlar bilmiyordu aslında bunlar geçici ayrılıklardı.

İlkokulu bitirdikten sonra Pınar'ın babasının tayini başka bir ile çıktı. Vedalaşamadan ayrıldılar. Böylece terk edilişi yaşadı. Adını bilmediği bu gerçeğe çocuk kalbi isyan etti. Cezalandıracağı kişi ise kendisiydi. Annesinin tüm karşı çıkışlarına rağmen ortaokulu dahi bitirmeden okumayı bıraktı.

On bir yaşındaydı amcasının sigara paketinden aşırdığı o ilk sigarayı sanki kırk yıllık tiryaki gibi tüttürüp dumanını havaya üflediğinde. Parmaklarının arasında önceleri ürkerek tuttuğu izmarite birkaç çekişten sonra çocukluktan adamlığa geçmenin mağrur edasıyla bakmıştı. Her nefeste yanıp sönen kırmızı ateş karanlık gecenin aydınlatıcısı ve o günden sonra elinden düşürmediği gizli dostu oldu. O zamanlar bilmiyordu bu yalancı dostu başka otlarla aldatacağını ve esrarlı gecelerde çocukluğunun hayallerini unutacağını.

Amcasının yanında çalışmaya devam ederken yaşı ilerledikçe yaşadığı semtin dışındaki hayata olan merakı günden güne artıyordu. Artık yaşam tüm cazibesi ile onu içine çekmeye başlamıştı. Yaz aylarında yazlıkçıların gelişi ile farklı kişilerle tanışıp arkadaşlık yapıyor, onların anlattığı hareketli şehir yaşantısının hayalini kuruyordu.

"Oğlum geçer mi lan burada hayat" diye alaycı tavırlarla büyük kentlerin ışıklı tabelaları altında ballandıra ballandıra neler yaşanabileceğini anlatıyordu diğer oğlanlar. Erkekliklerini ispat etmeye çalışırcasına uydurdukları öykülerinin kahramanları oluyor ve özenti bir masalın içine onu da çekiyorlardı. Yaşlı dedesine sorup, doğruluğunu teyit edemeyeceği hikâyelerdi bunlar. Duvar kenarlarında birkaç şişe bira devirmekle adam olduğunu sanmanın ve belki de deli çağların getirileriydi.

Ergenliğin asi çıkışlarını, buhranlı dönemlerini sıkıştığı bu çemberde aşamayacağını düşündüğü bir gün, kimseye haber vermeden evi terk etti. On altı yaşındaydı Edirne'ye giden otobüste kendi özgür yaşamına yol alırken. İçinde gençliğin heyecanı ve aileden ayrılmanın burukluğu vardı. Bu habersiz gidişin en çok da dedesini üzeceğini biliyordu. Asfaltta hızla yol alan tekerlerin her bir dönüşüyle onu bilinmeze doğru sürüklediği o anlarda, içinden bir şeyler kopup gidiyordu. Yol boyu rahatlamak için dedesinin öğrettiği duaları mırıldanmıştı.

Dışarıda uzayıp giden ayçiçeği tarlaları, bostanlar, yer yer nadasa bırakılmış boş topraklar ve hayalinde canlanan ufak bir çocuk vardı.

"Çok az para veriyorsun dede. Upuzun dua ezberledim. Beş lira olur mu hiç?"

"Önce oku bir bakalım doğru öğrenmiş misin?"

"Beş lira daha verecek misin eğer yanlışım çıkmazsa?"

"Sen ne pazarlıkçı hergele çıktın başımıza ya" derken bir yandan da her zaman yaptığı gibi eliyle sakalını sıvazlayıp gülüyordu dedesi.

Öyle güzel gülerdi ki, sadece kendinin değil karşısındakilerin de yüzü aydınlanırdı hacı dedesi böyle güldüğünde. Her yeni dua ezberlemesine karşı para verirdi ona. Bir seferinde de para yerine Fener maçına bilet kazanmış ve arkadaşlarının hiç kaçırmadığı futbol maçlarından birine o da gitmişti. Birol'la o zamandan sonra yakın arkadaş oldular. Futbol, kızlar, içki muhabbetleri ile arkadaşlıkları dostluğa dönüştü ve uzun yıllara taşındı. Melek'le de zaten Birol'un sayesinde tanışmışlardı. Birol'un doğum günü partisinde. Kapıdan içeri girdiği an onun ürkek bakışlarını, utangaç tavırlarını izlemeye koyulmuş ve gece boyunca uzaktan uzağa izlemişti. Gençliğinin en el değmemiş bir anıydı tanıştıkları gece.

Bulut, evden uzak gezgin yaşamı altı ay sürdürebildi. Bir süre parklarda, daha sonra da bulaşıkçılık yaptığı restoranın erzak ambarında yattı. Terzi çıraklığından ameleliğe kadar birçok işi denedi. Eve döndüğünde sanki on yaş daha büyümüş gibi hissediyordu kendini. Mahallede yürüyüşü bile değişmişti. Dikbaşlılığı, hayata meydan okuyuşu, inatçı ve asi yanı gençliğin verdiği heyecanla onu yeni bir kişiliğe büründürürken, yıllar sonra eksikliğini hissettiği yarım bırakılmış okul eğitimini okuduğu kitaplarla kapatmaya çalıştı.

"Kitaplar gidemediğin yerlere götürür, söyleyemediğin sözleri söyletir sana evlat. Her okuduğun omzuna asılmış birer rozettir. Kendi çabanla kazandığın rütbeni istediğin gibi kullanırsın. Bu senin ayrıcalığındır" demişti Medet usta.

Çıraklık yaptığı küçük terzi dükkânının bir duvarı boydan boya kitaplıktı. Mahallenin kadınları ufak tefek söküklerini dahi kendileri onarmayıp Medet ustaya getirir, üstü ince minder kaplı tahta iskemle üzerinde saatlerce onun hikâyelerini sıkılmadan dinlerlerdi. Bazı günler sırf sohbet etmek için gelen müşterilerden işini yapamaz hale geldiğinde dahi ustası şikâyet etmez, okuduğu kitapların içindeki karakterleri uygun şekilde canlandırır ve ses tonunu değiştirip anlatırdı hikâyeleri.

"Usta yarına teslim etmeyecek miydik bu ceketi?"

"Geceler uzun evlat. Fazla uyku zarardır. Adamı tembel yapar. Yetişir, sen meraklanma."

İki ay kalmıştı Medet ustanın yanında. Terzilik adına öğrendikleri teyel temizlemenin ötesine geçmedi ama ona okuma alışkanlığı edindi. Okumak zamanla, beraberinde yazmayı da getirdi. Siyah-beyaz perdede oynattığı hayal dünyasının hikâyelerini kâğıda döküp senaryolaştırmaya başladı. Dünyaca ünlü yönetmenlerin filmlerini izledi. Önce aynı senaryoları değiştirip yazmaya başladı, ardından da kendi kurguladığı oyunlar geldi. Bu, iç dünyasındaki hesaplaşmaları görsel olarak sunabilmenin iyi bir yolu idi. Kadınları etkilemenin yolu ise şiirler ve hikâyelerdi. Bu yüzden hiç durmadan okurdu.

Dedesi ve büyükannesinin ölümüyle annesi ile birlikte Kumburgaz'dan ayrılarak, onlardan miras kalan Üsküdar'daki iki oda bir salon apartman dairesine taşındılar. Bulut için yeni bir yaşam olan ve gençliğinin devamını geçirdiği bu semt, hayatını etkileyen dostlukların da başlangıcı olmuştu. Annesini, evini ve şehrini geri dönmemek üzere terk edene değin severek yaşadı orada.

Seneler sonra Melek'in ölümüyle evine geldiğinde odası hâlâ bıraktığı gibiydi. Başucunda duran dedesinin sararmış resmi çocukluğunun çok eskilerde kaldığını söylüyordu. Oysa öyle çok yarım kalmıştı ki sözler. Birkaç damla yaştan fazlasıydı yüreğindeki acısı. Belki de sanıldığı gibi değildi hayat. Keşke duyurabilseydi sesini ona, çünkü bir tek dedesi anlardı onu. Artık en büyük intikam yaşamaktı. Hem de içinde taşıdığı öfkeye ve hatta kendine rağmen.

DON KİŞOT

Baygınlıklar, bağırmalar, ilaçlar, iğneler, beyaz önlüklü adamlar, koşuşturan kadınlar, günler-geceler boyu devam eden cinnet sahneleri, tam bitti derken yeniden başlayan haykırışlar ve de sonu gelmeyecek gibi görülen bu zor günler, Doktor Raif Bey'in öngördüğü şekilde iki hafta sonra Bulut'un psikoz ataklarının kesilmesi ile normale döndü.

Yas ve kayıp, kişiyi uyandırmada yardım eder ve kendi var oluşunun farkına varmasını sağlar. Bulut için de bu bir var oluştu. Yıllarca içinde bastırdığı kişilik karmaşasının açığa çıkması ve cevapsız sorularının aydınlanmasıydı. Bulut, terapilerde iç dünyasını dile getirirken kendi yanıtlarını da buluyordu.

"Bu güne kadar yaşadığım her şey hükmünü yitirdi. Şimdi neye, nasıl tepki vereceğimi bilmiyorum. Son on yıldır olduğumu sandım. Ya da olmuş gibi yaptım. O uçarı, serseri, günübirlik yaşayan adam yerine normal, sıradan bir adama dönüştüm. Sıkıcı bir hayatın, her gün birbirini fotokopi gibi izleyen günlerin, spor, politika, kadınlar üçgeni arasındaki ahmakça sohbetlerin yapıldığı, arkasından anasına avradına küfredilen adamın yüzüne gülümseyerek hal hatır sorulduğu bu dünyada kendimi ait hissetmediğim bir yaşamın parçası olmaya çalışmak, düşmanının ardından gözyaşı döken bir vicdanın mahcubiyeti ile yaşamak gibi. Ben bir mabet hırsızı değilim ama çektiğim bundan daha fazlası.

Ne adam gibi Melek'i sevmeyi başardım ne de sevgimin ardında durabildim. Turgut'la evlenmesine izin vermemeliydim. Ben hep onların arasında gölge gibi durdum. Bunu biliyor olmak için için zevk verdi bana. Oysa şimdi bu bir azap. Bir kadın tarafından ölesiye sevilmek bir erkek için ne demektir bilir misiniz? Ben bilememişim. Pek çok şeyi bildiğimi sanırken avuçlarımdan kayıp gitmiş yaşam. Sahip olamamışım. Her gün içmem için verilen renkli ufak haplar mı beni bu azaptan kurtaracak! Acının köküne inmedikçe kurtulamayacağım. Anlıyor musunuz!"

Haklıydı. Acıyı söküp atmanın yolu tamamen dibini kazımaktan geçiyordu. Belki de bitmek bilmeyen soruların yanıtlarını verdikçe kendini bulacak ve gerçekten aradığı kişiye kavuşacaktı.

***

Birol, arkadaşını hastaneden çıkartmaya gittiği sabah onu kendisini beklerken buldu. Servisin girişindeki büyük salonda iki pencerenin arasındaki geniş koltukta oturuyordu. Özenle yapıldığı belli olan tıraşının ardındaki yüzü hayli zayıflamış, elmacık kemikleri daha da belirginleşmişti. Sanki birkaç yaş küçülmüştü. Başını önüne doğru eğmiş, elindeki kitabı okuyordu. Kumburgaz'daki bahçelerinin beton duvarı üstüne tüneyen o Bulut olmuş, satırların arasında başka bir dünyanın âleminde dolanıyor gibiydi.

Birol, arkadaşını izlerken az önce doktoru ile yaptığı görüşmeyi hafızasından geçirmeye koyuldu. Ayrılmadan önce anlatmayı atladığı bir şey olup olmadığından emin olmak istiyordu. "Melek ve Bulut'un hikâyesini sizden bir kez daha dinlemek istiyorum" demiş ve ilave etmişti Raif Bey: "Söyleyeceğiniz bir cümlenin bile bundan sonraki terapilerimiz için önemi olacaktır."

"Melek, eşim Betül'ün yetiştirme yurdundan arkadaşıydı. Çocuklukları beraber geçmişti. Kardeş gibiydiler, denebilir. Eşimin anlattığına göre, Melek anasız-babasız büyüyen çocukların içinde belki de en şansızlarından biriymiş. Babası da annesini öldürdükten sonra hapishanede ölmüş. Kimi kimsesi yokmuş. Teyzesi olduğunu söylüyordu bir zamanlar ama sonra bilmem neden onunla da görüşmez olmuşlar. Tek şansı veya şansızlığı mı demem lazım, Bulut'tu ve ona duyduğu sevdasıydı. Biz vesile olduk tanışmalarına. Benim ısrarım olmasaydı hiç karşılaşmayabilirlerdi de..."

Anlatmaya bir süre ara vermişti. Sesi çatallaşmış, güçlükle konuşur olmuştu. Doktor Raif kendini toparlamasını sessizce beklerken, Birol yıllar önce neden Bulut'u evlerine gelmesi için zorladığını düşünüyordu.

"Oğlum, otuz yaşına gelmiş adamın doğum günü partisi mi olur muş ya!"

"Betül çok istiyor. Gel sen de işte. Hem fena mı lan, dağıtırız azıcık."

"Var mı güzel hatunlar?"

"Betül arkadaşlarını da çağırdı. Bakarsın artık."

"Eh, o zaman bir uğrarız."

O günü hatırlamanın ağırlığını üzerinden atmak için önünde duran bardaktan birkaç yudum su içti, genzini temizledi ve kaldığı yerden anlatmaya devam etti:

"Tanıştıktan kısa bir süre sonra çıkmaya başladılar. Önceleri çok mutluydular ama Bulut'un sık sık ortalıktan yok olmaları ve habersiz gidişleri ile ayrılıklar başladı. Karabatak gibi bir görünür bir kaybolurdu. Meğer uyuşturucu illetine düşmüş. Onun her gidişinde sanki Melek de yok olurdu, içine kapanır, konuşmaz, hayata küserdi. Betül onu bu aşktan vazgeçirmek için çok uğraştı. Nedense karım Bulut'u bir türlü sevemedi. Melek'in daha çok üzülmesini istemiyordu ve sonunda Turgut'la bir araya gelmelerini sağladı. Bu yüzden de Turgut'la evlenmelerine en çok Betül sevinmiştir. Turgut da arkadaşımdı. İşi gücü yerinde doğru düzgün bir adamdı. Üstelik Melek'e deli gibi âşıktı. Onun bir dediğini iki etmezdi. Eşim, Melek'in Bulut aşkından kurtulacağını sanmıştı. Doğrusu ben de öyle zannettim. Uzun yıllar aramızda bile Melek-Bulut hikâyesi konuşulmadı. Oysa yanılmışız. Melek hiç unutmamış onu. Belki sağlıklı bir evliliği de bu yüzden olmamıştır. Turgut'la önceleri iyi gibiydiler, sonra kavga etmeye başladılar. Hatta biz de birkaç kez tartışmalarına şahit olduk. Ama bir gün Melek'in intihar edeceği hiç mi hiç aklımıza gelmedi. Böyle bir şey nasıl düşünülür ki!"

Susmuştu. Kelimeler büyüdü ağzında. Yutmakta zorlandığı koca bir lokma gibi boğazına takıldı sözcükler. Alnını sıvazladı. Baş ağrısı tutmuştu. Yine tansiyonunun yükselmiş olmalıydı. Endişe içinde sordu:

“Ne olacak şimdi doktor? Gördüğü hayaller, sesler geçecek mi? İyileşecek mi? Yoksa Bulut tekrar uyuşturucu batağına mı düşecek?”

Raif Bey’in sakin, hiç not almadan anlattıklarını dikkatlice dinledi. Konuşmaları esnasında çalan telefonlara bakmadı. Onu dinlerken nerdeyse hareket dahi etmedi. Birol’un üst üste gelen sorularının ardından bir süre daha sessizliğini korudu, anlattıklarını kendi kendine muhakeme etti ve sonra karşısındakini rahatlatan, kendine özgü yumuşak bir ses tonuyla yanıtladı:

“Bakın Birol Bey, geçmişinde bağımlılık tedavisi görmüş olan bir kişi, ailede birinin ölümünde veya benzer çok ciddi travmalar yaşayıp tekrar madde kullanırsa böyle halüsinasyonlar, hezeyanlar olabilir. Ağır zihinsel stres ve uyuşturucu kullanımı, psikozu tetikler. Düşünce bozukluğu, kişilik değişiklikleri olur ve böyle krizler geçirebilir. Anlattıklarınıza göre Bulut suçluluk sanrısı içinde. Gerçeklerden kaçmak için ya da Melek’i tekrar yanında hissetmek için madde kullanmış olabilir. Bu artık yine eskisi gibi sürekli kullanacağı anlamına gelmez. Ve de gelmemesi için gerekeni yapacağız. Siz dostluğunuzu, desteğinizi eksik etmeyin ve terapilere devamlı gelmesini, ilaçlarını düzenli kullanmasını sağlayın yeter.”

Raif Bey son cümlelerini daha bir üstüne basarak ve yüreklendirici bir ifade ile söylemişti. Birol biraz olsun rahatladığını hissetti. Onun çehresini kaplayan gür sakallarının ardındaki yüzüne minnetle baktı.

"Hiç şüpheniz olmasın Doktor Bey, elimden geleni yaparım."

Raif Bey hafifçe gülümsedi.

"Bulut Bey şanslı. Dönüşünü bekleyen ailesi ve sizin gibi onunla yakinen ilgilenen bir dostu var. Burada öyle hastalarımız var ki, dışarıdan takip ile hayatlarını idame ettirebilecekleri halde olsalar dahi çıkış yapıldığında gidebilecekleri evleri, kimi kimseleri yok. İlaçlarını düzenli kullanamıyor ve de sağlıklı bir yaşam sürdüremiyorlar. Hâl böyle olunca tekrar bize gelmek zorunda kalıyorlar."

"Burası onlar için adeta bir sığınma yeri desenize..."

"Maalesef öyle de diyebiliriz. Kronik ve kimsesiz hastalar için bakımevleri olmalı ama yok! Sadece İstanbul'da böyle binlerce hasta var. Oysa, kimsenin görmediği veya önemini idrak etmediği bir mevzu bu."

Birol sadece, "Anlıyorum" diyebildi. Hiç umulmadık anda buraya gelinebileceğinin en acı örneğiydi Bulut. O uçarı, çapkın, özgürlüğüne düşkün arkadaşını bir gün akıl hastanesinden alacağını hayal bile edemezdi. Doktorun yanından ayrılmadan evvel son günlerde daha sık aramaya başlayan Elvan'dan ve endişelerinden bahsetti.

"Biliyorsunuz Raif Bey, Bulut'un eşine meraklanmasın diye burada olduğundan bahsetmedim. Bu sabah yine aradı, çocukları alıp geleceğini söyledi. Biraz izin vermesini istedim fakat daha fazla oyalayamayacağım."

"Kısa bir süre sonra inanın toparlayacak. Şu an kendi de bu görüşmeye hazır değil. Gerekirse ben eşi ile konuşurum, kaygılanmayın."

Birol doktora teşekkür edip odasından ayrıldığında hâlâ konuşmanın etkisindeydi. Raif Bey'in sözleri onu derinden etkilemişti. Düşüncelerinden sıyrılıp, "Evet, doktor çok haklı. Her şeye rağmen Bulut şanslı olmalı" diye mırıldandı.

Ardından, olabildiğince morali yüksek bir şekilde okumakta olduğu kitaba kendini kaptırmış olan arkadaşına seslendi: "Günaydın."

Bulut, arkadaşını görünce belli belirsiz bir gülümseme ile onu selamladı: "Hoş geldin."

"Ne haber dostum? Bakıyorum hazırlanmışsın. Haydi bakalım, artık gitme zamanı."

Bulut'un hiç acele ediyor bir hali yoktu. Oturduğu koltuktan kalkarken sakin ve ağır bir şekilde, "Don Kişot'un serüvenlerini gülünç bulduğum yıllar geride kaldı. Şimdi Don Kişot'u gülünç bulanları gülünç buluyorum" dedi.

Onun ne demek istediğini anlamaya çalışan Birol'a elindeki kitabı gösterdi.

"Bakırköy hatırası. Hoş vakit geçireceğimi umarak hediye ettiler. Oysa her âşık aslında yel değirmenlerine karşı savaşmaz mı? Hele yaşlı bir şövalye ise, tıpkı benim gibi. Bunun neresi eğlenceli ve hoş!"

Bulut, sözlerinin ardından abartılı bir kahkaha attı ve "Gidelim" dedi.

9.Psikiyatri Kliniği'nin binasından ayrıldılar. İki arkadaş ağaçların arasındaki kıvrımlı yol boyunca yan yana yürürken Bulut'un hafızasında dolanıyordu Cervantes'in sahneleri:

- Sanço dostum; talih bize dilediğimizden fazla gülümsüyor. Karşıdan bizim gelişimize bakan şu devler alayına bak. Onlarla savaşmak Tanrı yolunda gaza etmektir. Onların sırtlarını yere getirdiğim zaman varlarına yoklarına el koyarak zengin olacağız.

-Devler mi Senyör Şövalye, nerde görüyorsunuz devleri?

-Dostum Sanço! Nasıl oluyor da görmüyorsun onları! Bak hep birden ayağa kalkmışlar, bizi tehdit ediyorlar. Yolumuzu kesmek için bütün ufku tutmuşlar.

-Aman Efendimiz, sizin gördüğünüz dev alayı değil kendi halinde değirmenlerdir, kolları sandığınız şeyler de onların kanatlarıdır.

-Sus dostum, sen bir şeyden anlamıyorsun. Ben "dev" dedim mi sen dev olduklarına inanmalısın onların. Sen onlarla savaşmaktan korkuyorsan eşeğinden iner, duaya başlarsın. Prenses Dulcinea yardımcım olsun benim; çünkü vakit geçirmeden ben onların canını alacağım.

Oyunun gerçeğini oynamanın zamanı geldi, diye düşündü Bulut.

"Evet Turgut Efendi, az kaldı canını almama. Hiç şüphen olmasın; hayallerim kadar görkemli bir sahne olacak. Hatta yalvarmana bile izin verebilirim. İyice küçül ki kolay olsun işimiz. Tabii daha da küçülebilirsen eğer..."

KADERİ DEĞİŞTİRMEK

Çelişkilerle doluydu hayat. İnsan gün gelip savunduğu fikirlerin peşini bırakıp, yerdiği olayların ardından koştuğunun farkına varıyordu. İmkânsızı hayata geçirme çabası, rutini değiştirme arzusu ve durağan bir ömrü heyecanla doldurma saplantısı, zamanı gelince pençesine düşürüyordu en sakin görünen kişiyi bile. Veya tam tersi, asi bir yaşamı sürdürürken bir gün sükûnetin dost olacağı tasavvur edilemiyordu.

Bulut o haberi alana kadar, biri isyankâr diğeri itaatkâr iki kişiyi barındırdığı zamanlarındaki iç çatışmalarını çoktan gerilerde bırakmıştı. Kırklı yaşlara yaklaşmaya başlayınca kendi ile kavga etmeyi kesip uzlaşmayı seçmişti. Zaman zaman düzene başkaldıran tavırlar sergilese dahi onlar da eski şiddetini yitirmişti. Her insanın yaptığı var oluş sorgulamasına geçmişti benliği. Bir sebebi olmalıydı mevcudiyetinin. Ona göre doğup, yiyip, içip, çalışıp, ölmekten başka bir şeyler vardı fark edilmesi gereken. Eksiklikleri tamamlamadan diğer bir güne geçmek yaşamadan bitirmek demekti ömrü. Fakat çoğu zaman elde değildi kaderi değiştirmek.

Ve öyle de olmuştu. Yeni bir hayata yelken açmışken geçmişin rüzgârı ile yeniden bir zamanlar kaçtığı sahillere savrulmuştu. Gençliğin hareketli yaşantısından sonra eriştiği durgunluğu bir telefonla sona ermiş, yüreğinde söndürdüğü ateş alevlenip tüm benliğini sarmıştı.

Şimdi ise ruhunun çalkantıları, vicdanının sorgulaması, bedeninin isyanları arasında debelendikçe daha çok dibe çekiliyor, öfke nöbetleri sinir krizlerine dönüşüyor ve yaşadığı azabı dahi anlatamıyordu. Gittiği terapilerden derman beklemese dahi yapabileceği başka bir şey ve konuşabileceği başka bir kimse olmadığı için sadece Raif Bey'e soruyordu sorularını.

***

"Peki ya Melek böyle bir günahı nasıl işleyebildi! Yaradan'a inancı ve bağlılığı güçlü olan bir kişi Allah'ın verdiği canı sona erdirecek kadar nasıl vazgeçebilir inançlarından!"

"İnsan beyninin ancak yüzde 10'unun sırları çözülmüşken buna akılcı bir cevap vermemi beklemeyin. Kimi zaman ince bir çizgi üzerinde gezinir düşüncelerimiz. Ağır travmalar ve depresyonlar inançları yerinden oynatacak kuvvete erdiğinde ne mantık ne de maneviyat o çizginin ötesine geçmemize engel olabilir."

Kabullenmek zordu böyle bir açıklamayı. Normal bir ruh halinin dışında iken ise imkânsızdı. İntiharı düşünmek başka, uygulamaya yeltenmek başka, gerçekleştirmek ise bambaşkaydı. Bu hali sağlam olmayan bir psikoloji ile ayrıştırabilmek mümkün olmadığı gibi, anlamakta beklenemezdi sevdiği kadını kaybetmiş bir adamdan.

Karşısında oturan adamın gözlerine bakmakta zorlandı. Hastaneden çıktıktan sonra haftada iki kez Raif Bey'in muayenehanesine geliyor olmasına rağmen buraya alışamamıştı. Odanın karanlığı içindeki kasveti daha da arttırıyordu. Doktorun masasının üzerinde yanan lambası, perdeleri açık olan pencereden içeri süzülen akşamın alaca karanlığını gidermeye yetmiyordu. Bir an yerinden fırlayıp duvardaki elektrik düğmesine basmak geçti içinden, fakat vazgeçti. Koltukta huzursuzca kıpırdandı. Sorduğu soruların yanıtlarını alamıyordu bir türlü.

"Neden gelip beni bu zindandan kurtarmıyor doktor?"

"Sizce böyle bir şey mümkün mü?"

"Evet. Onu yanımda hissediyorum. Elimi tutuyor. Sürekli beni engellemeye çalışıyor. Tek istediğim yüzünü görmek. Sadece yüzünü görmek istiyorum anlamıyor musunuz?"

"Melek'in yüzünü gördüğünüzde ne değişecek?"

"Ona dair gördüğüm düşlerde sesi var, bedeni var ama yüzü yok. Sis bulutları içinde. Yaşadığım, gördüğüm, benim sandığım her şey yarım. Oysa ben tama çevirdiğimi sanıyordum hayatımı. Eskiden onu görmesem de bir yerlerde var olduğunu bilmek yetiyordu. Oysa şimdi tek istediğim bir kez görmek. Bu neyi değiştirir bilmiyorum."

"Engellemeye çalışıyor dediniz az önce. Nasıl? Anlatın. Hatta en başından bir kez daha anlatın her şeyi. "

Bulut başını koltuğun arkasına yaslayıp gözlerini yumdu.

"Kendimi çaresiz hissediyorum. Hatalarımı telafi imkânım

yok. Ne kırdığım kalpleri tamir edebilirim ne de kendimi affettirebilirim artık. Doğru söylemişler; insan en sevdiğini affedemiyormuş, en değer verdiğinden yiyormuş vurucu darbeyi, asla yapmam dediğini yapıyormuş, hiç bırakmam zannettiğini terk ediyormuş ve en güvendiğinden duyuyormuş ihanet cümlelerini. Artık tek duygum öfke, kendime ve diğer insanlara..."

Sustu. Kelimeler büyüyordu günahları gibi.

"Devam edin anlatmaya lütfen. Aileniz! Anneniz, babanız!"

Geçmişe bir çırpıda dönemeyecek kadar yorgundu hafızası. Uzun süre sessiz kaldıktan sonra roman karakterinin cümlelerini kurar gibi yavaşça dökülmeye başladı sözcükler dilinden:

"Baba... Bir zamanlar olduğunu duyduğum ama varlığını hissetmediğim ve 'Baba' diye hiç seslenemediğim bir varlık benim için... Annem ve ben yarım aileydik. Beni kadınlar büyüttü diyebilirim. Hayatımın en önemli kadını: annem. Sayısını dahi hatırlayamayacağım sevgililerim. Ve Melek... Kendimden vazgeçmişken beni hayata döndüren kadın. Ve de terk edip gittiğim kadın... Ben anama evlatlık yapmaya çabalarken ki onu da becerebildim mi emin değilim, bir babaya evlat olmayı hiç bilemedim.

Elvan, düşünceler içinde savrulurken hayatıma girdi. Zamanla Melek'i daha az anar oldum. Elvan'la geçirdiğim zamanlar mutluluk veriyordu. Durulduğumu, yaşamaktan zevk almaya başladığımı ve geleceğe yönelik planlar kurmakta olduğumu fark ettim.

Elvan, ilk görüşte aşk değildi benim için. Sığındığım bir sohbet köşesiydi. Sırtımı yasladığım yumuşak bir yastık ve belki de çocukluk günlerimde annemin hazırladığı sütlü kahvenin damağımdan bedenime yayılan ılık mutluluğu gibi bir şeydi. Yavaşça sevdim onu. Çabalamadan, zorlamadan, usulca bıraktım avuçlarına kendimi. Artık huzurlu bir yuva istiyordum. Baba olmak istiyordum. Nasıl babalık yapılırdı bilmiyordum ama hiç söyleyemediğim o kelimeyi duymak istiyordum. Duydum da. Büyük kızım ilk kez bana, 'Baba' dediğinde hıçkırarak ağlamıştım.

Karımdan geçmişime dair hiçbir şeyi gizlemedim. Onu üzme pahasına nasıl biri olduğumu anlattım. Gençliğimin uçarılıklarını, uyuşturucu tedavisi gördüğümü, yaşadığım ilişkileri, işsiz ve aylak adamın teki olduğumu bilerek evlendi benimle. Sakladığım tek şey Melek oldu. Yaşamımın en önemli parçasını söyleyemedim. Nedenini bilmiyorum. O bana aitti. Hiç kimseyle paylaşamayacağım bir yerde duruyordu. Elvan'la altıncı yılını dolduran beraberliğimizin sonunda Melek'ten böyle bir şekilde haberdar olacağını hayal dahi edemezdim..."

Sözünü tamamlayamadı, durdu. Koyu kahve gözlerinde dolaşan hüzün tüm çehresini kapladı. Doktor hikâyeyi merak eden bir dinleyici gibi ses tonunu ayarladı ve devamını beklediğini ifade eden tek bir kelime söyledi:

"Evet!"

"Evlendikten sonra Melek daha az aklıma düşmeye başladı. Arada rüyalarıma giriyordu. Bir gece yarısı sıçrayarak uyandığımda Melek'in adını sayıkladığımı zannederek korkuya kapılmıştım. Çünkü rüyamda onu görüyordum. Melek gözyaşları içinde bana, "Sana sevgimi helal etmiyorum" diyordu. Hatta bir keresinde Elvan'ın, "Bazı geceler uyurken inliyorsun. Sanki acı çekiyor gibi. Bir sıkıntın mı var" diye sorguladığında dahi anlatamadım Melek'i. Ve daha sonraki gecelerde ne hayali uykumu böldüğünde, ne de içten içe onu düşünüyor olmanın bana verdiği vicdan azabını hissettiğimde söyleyebildim. Onun ölüm haberini aldığım telefonun ardından öğrendi her şeyi. O Pazar sabahı kahvaltı sofrasında çalan telefon sesi ile geçmişin küllerini üzerine örttüğümü sandığım gerçeğim gün yüzüne çıktı. Betül ağlayarak haykırıyordu telefonun diğer ucunda.

"Melek öldü. Hepsi senin yüzünden. Onu sen öldürdün. Katilsin sen! Katilsin..."

İnanamadım duyduklarıma. Şaka gibi geldi önce. Betül'ün ardından kocası da devam etti bu kötü şakaya.

"Bulut..."

"Neler oluyor Birol?"

"Melek intihar etmiş. Cenaze yarın öğlen kalkacak."

Sonrasında dediklerini hatırlamıyorum. Bağrışmalar, küfürler, lanetler okunuyordu bir kadın çığlığında...

Neydi bu? Geceleri gördüğüm kâbuslardan birini mi yaşıyordum yoksa? Melek... Benim Melek'im... Gerçek dışı yazgıydı bu... Hiçbir yazarın yazmaya dahi yeltenmeyeceği bir roman, saçma sapan bir senaryoydu... Tanrı beni mi sınıyordu? Dayanma gücümü mü ölçüyordu?

Kıyamet gününde kâinatta kalan son kişinin yerle bir olmuş toprakta ayakta durmaya çabalaması kadar güç bundan böyle doğrulabilmem. Yıllardır görüşmesek, ayrı hayatları sürüyor olsak bile var olduğunu biliyordum. O da biliyordu benim yüreğimin bir köşesinde yaşamaya devam ettiğini. Canımın içiydi o benim. Canımdan bir parçaydı. Oysa şimdi bana, "Canının parçası öldü" diyorlar. Ben nasıl yaşamaya devam ederim?!"

Daha fazla devam edemedi konuşmaya. Bulut'un sarsılan bedeni yeni bir krizin eşliğinde titremeye başladı. Melek'in ona yazdığı mektuplardan biri vardı elinde. Yazılar silikleşmiş, mavi mürekkep birbirine karışmıştı...

***

"Bulut'um, sevdiceğim, bir tanem...

Nice zaman oldu görmeyeli seni. Ne haberin gelir ne de bir satır mektup. Unutmuşsun besbelli. Ama sen gel de bana sor; ne zordur sensizliğe dayanmak. Sarılmalarını özlüyorum, kendi kendime sarılıyorum olmuyor... Kokunu özlüyorum, tenim de artık sen kokmuyor... Alışmaya çabalıyorum, katlanmaya çalışıyorum... Çok zor özlemek... Bakışını, ellerini, sesini, gülmeni, öpmeni...

Bir dolu mektuplar yazıyorum ve şiirler, hepsi sana ait... Elbet bir gün seninle kavuşacak kelimelerim.

İçimde durmadan büyüyorsun, beni kaplıyor varlığın, sonra ben senin içine giriyorum, küçücük bir kız oluyorum, başımı okşuyorsun kocaman ellerinle, sevgiyle okşuyorsun saçlarımı, ağlamıyorum o zaman, sokuluyorum kucağına ve yaslanıyorum göğsüne... Hiçbir el benim saçımı öyle okşamadı, öyle sarmadı kollarında...

Evet, şimdi içime ağlıyorum yine, sanki sen varmışsın gibi karşımda. Görme gözyaşımı diye, ben yine içime ağlıyorum...

Ellerini öpüyorum, avuçlarının içini kokluyorum, sığınıyorum yüreğine, ufacık bir yer aç bana ve hep orada kalayım. Kimse bilmesin senin yüreğinde saklandığımı, ben bileyim, sen bil... Ufacık bir yer, minnacık, sığarım, yeter ki bana ait olsun, yeter ki bileyim ben senin bir parçanım ve hiç bırakmayacaksın beni. Bir gün ben seni bıraksam bile sen beni bırakmayacaksın bileyim...

Bileyim ben senin canının içiyim ve hep öyle kalacağım...

Meleğin..."

ÖFKE AKLIN DÜŞMANI

Bulut gitmeye devam ettiği terapilerde sorgulamaları, suçlamaları, öfkeleri ve isyanlarını kusuyordu. Birikenler sadece Melek ve sonrası değildi. Her ne kadar gizlemeye çabalasa da çocukluk ve gençlik dönemlerindeki gizli duyguları da açığa çıkıyordu.

"Acı çekiyorum. Acı çekmek, üzüntü duymak yüksek bir zekânın, yüce bir yüreğin ayrılmaz parçalarıdır bunu da biliyorum. Bu yüzden bedensel veya ruhsal yaşadıklarımdan değil şikâyetim. Dindiremediğim öfkenin içimde yarattığı hezeyanların sorumluluğunu üstlenebilirim. Bu benim hayatım."

"Ya kendinizden başka sorumlu olduklarınız? Onları düşünüyor musunuz?"

"Önceleri düşünmüyordum. Son zamanlarda sandığınızdan daha fazla kafa yormaya başladım. Ben onları ne kadar hak ediyorum? Bu durumun sebebi onlar değilken dolaylı yoldan da olsa etkilenmelerine neden oluyorum. İşte bu yüzden zaman eskisinden daha değerli benim için. Boşa harcanmayacak kadar değerli. Yalnızca kendimi değiştirerek sizi veya onları mutlu edebilirim. Ama o zaman yarattığınız ben, ben olmayacağım. Geçmişte yaşadıklarım, uğruna savaştıklarım bir hiç olacak. Hiç... Anlıyor musunuz?"

"Hiç olmak bu kadar korkutucu mu?"

"Hayır. Hiçliğin anlamını bilen için değil. Ama bu benim hiçliğim ve izin verin ben hiçliğimde kendimi bulayım. Kaybettiklerimin hesabını sorayım, kendi savaşımı vereyim. Ancak o zaman sorumlu olduğum insanların karşısında dik durabilirim. Ben olabilirim."

"Eşinizle görüşmek istememenizin sebebi de bu yüzden mi?"

Evet der gibi başını salladı Bulut. Elvan'ın bakışlarını çevirişi canlandı gözlerinin önünde. Evden ayrılırken yüzüne bakmayışı, kızgınlığı, çocuklara sarılmasına izin vermeyip odalarına götürüşü... Hayal meyal görüntülerdi aklında kalan. Hızla kapanan kapılar, kırılan camlar, feryatlar, ağlamalar...

"Henüz buna hazır değilim doktor, konuşmayı da istemiyorum" dedi düşüncelerinden sıyrılarak.

Raif Bey onu anladığını belirten bir hareketin ardından hiç ummadığı bir soru ile konuyu değiştirdi.

"Peki, taşıdığınız dövmenin sizin için anlamı nedir?"

Bulut yüzündeki şaşkın ifadeyi bir süre korudu. Doktorun bunu nasıl öğrenmiş olacağını hızlıca düşündü. Gözünün önüne kısa küt parmaklı bir kadının elleri geldi. Her gün alması gereken ilaçları uzatırken o elleri görür, dibinden etleri gözüken tırnaklarını yerken onu hayal etmesiyle midesi bulanırdı. Yatağa bağlanmamak için mücadele ettiği ataklardan birinde duymuştu o tırnaklarını kemiren hemşirenin sözlerini, "Dövmesi de varmış!" O söylemişti muhakkak.

Sonra dövmeyi yaptırdıkları gün geldi hafızasına. Kafası dumanlıydı. Birkaç kadeh içmişti gitmeden evvel. Melek'le beraberdiler. Melek figürü yaptırmak istiyordu. Fakat omzunda Anka Kuşu ile çıktı dövmeciden. Melek'in arzusunu geri çevirememişti, hele Anka Kuşu'nun hikâyesini dinledikten sonra. Gücün, umudun sembolü başka bir şey olamazdı. Oysa şimdi öyle uzaktı ki masallar gerçeğe.

Doktorun ısrarlı sorusuyla düşünceleri bölünürken, Raif Bey'in adeta aklını okuması ile irkildi.

"Bir hikâyesi mi var yoksa?"

Duymazlığa geldi doktoru. O hikâyeyi hatırlamak istemiyordu. Başka şeylerden bahsetmeye başladı.

"Gidenler bana hiç ben bırakmadılar... Şimdi ben ne onlara aitim ne de kendime... İnsanoğlunun bir diğerine yapacağı en büyük kötülük bu olmalı; giderken geride koca bir hiç bırakmak... Ve... Hâlâ o hiçten medet ummak... Sanırsın ki elini uzattığında sana dokunacak... Sanırsın ki ihtiyacın olduğunda dönecek... İşte aldanışın en kötüsü bu olmalı; gidenlerin geride bir hiç dahi bırakmadıklarını anlamamak... Ve anladığında..."

Raif Bey dikkatli gözlerle Bulut'a baktı. Kaybettiklerinin onun nasıl canını acıttığını anlıyordu. Başıyla onu onaylayan hareketi yaptıktan sonra ne zamandır sormayı planladığı can alıcı soruyu sordu:

"Öldüğü için babanıza da kızgın mısınız?"

Bulut'un hiç beklemediği bir soruydu bu. Belki de hiç düşünmediği bir soru. Doğrudan yanıtlamak yerine çok farklı bir yol seçmişti. Bulut yakın zamanda kutlanacak yılbaşı gecesi için insanların heyecanını, telaşlarını anlatıyordu.

"Her yer insan taşıyor. Mağazalar, alışveriş merkezleri, marketler, sokaklar, caddeler... İhtiyaçlarından, yiyeceklerinden çok daha fazlasını alıyorlar. Bir gecede dünyayı yiyecekler sanki. Kilolarca meyve, kuruyemiş, meze... Yarış halindeler birbirleriyle, hepsi suni mutluluk peşinde. Eğlencenin, içmenin doruğuna varacaklar o gece. Hazırlayacakları göstermelik şovlarıyla ertesi gün aynı sabaha uyanmayacaklarmış gibi sahte bir çaba içinde insancıklar."

Bulut'un duraksamasının ardından konuyu sürdürmek amacıyla sordu Raif Bey.

"Ne kötülüğü olabilir ki bir gecelik eğlenmenin! Siz hiç kutlamaz mıydınız yeni yılı!"

Acı bir gülümseme oluştu Bulut'un dudaklarında. Düşünceleri çok eskilerdeydi ve anlatmakta zorlandığı belliydi.

"Kutlamazdık... Annem sofraya bir iki meze koysa, kuruyemiş çıkartsa hacı dedem söylenirdi, 'Gâvur icadı bunlar... Müslüman'ın yılbaşısı mı olurmuş, kaldırın şunları!' diye. Ben de oldum olası sevmem böyle bir gecelik sahte mutluluk sahnelerini. Sadece yılbaşları değil, bayram ve tatil günlerini de sevmem. Küçükken bu günlerin ardından bir süre sokağa çıkmazdım. Diğer çocukların ellerindeki hediyeleri birbirlerine caka satarak göstermeleri, aldıkları harçlıkları misket, çatapat, çikolata, gofret ile tüketip, gezdikleri yerleri ve nasıl eğlendiklerini ballandıra ballandıra anlatmaları bitene kadar evde otururdum."

"Her çocuğun geçmişte kalan kötü anıları vardır. Babanız hayatta olsaydı her şey farklı olabilir miydi?"

"Bilmiyorum. Ama emin olun şu anki öfkemi o çağlardaki yoksunluklarıma bağlayarak gideremeyiz."

Doktor bir soru daha sormak için hamle yaptığında Bulut bunu fark edip ondan önce davrandı.

"Raif Bey ben kendimi, hele hele geçmişimin gizli hikâyelerini anlatmayı sevmem. Yaşamımın en derin bölümlerini sizinle paylaştım. Bu size olan güvenimin bir parçası mı, yoksa sizin mesleki tecrübeniz mi emin değilim."

Doktor açık sözlü hastasının bu itirafından sonra hoşnutlukla gülümsedi. Çünkü her iki halde onun için memnun ediciydi. Sesini yumuşatarak karşılık verdi.

"Size yardımcı olmama izin verin. Her şey sizin elinizde bunu biliyorsunuz. Kin ve öfke gayet insani duygulardır. Açığa çıkması kadar, onlarla yaşamayı öğrenmek de doğaldır. Siz çok okuyan birisiniz, iyi bir gözlemci ve analizcisiniz. Bilmelisiniz ki öfke aklın düşmanıdır."

Bulut'un sesi bezgin ve güçsüz çıkıyordu. Doktor hissettiği acıma duygusunu sezdirmemek için onu can kulağı ile dinlese de oturduğu koltuğa kendini bırakmış, omuzları çökmüş, bakışları önündeki cam sehpaya sabitlenmiş bu hüzünlü adamın yüzüne bakmamaya çalıştı.

"Bildiğimi sandığım şeyler bir bir varlığını yitiriyor. Bir zamanlar uğruna mücadele ettiğim fikirlerim, savunduğum doğrularım, içimde taşıdığım o cesaret yüklü, korkusuz adam şimdi ürkek."

Bulut içine derin bir nefes çekip beklettikten sonra soluğunu üflercesine geri bıraktı. Gömleği terden sırtına yapışmıştı. Oturduğu deri koltukta huzursuzca kıpırdandı.

"Önceden yarımları severdim. Yarını bekleyen hikâyeler umut verirdi. Beklemek ve hayaller kurmak geleceğe dairdi. Tıpkı yarına ertelenmiş aşk gibi... Aslında yarım bir aşk acı verir ve bu acıdan zevk almasını bilen için iyi bir şeydir. Oysa ben artık acıya doydum. Şimdi anlıyorum ki yarımlar yürek ağrısı. Yarınlar sonu meçhul karanlık bir yol. Ve benim yaşadığımı hissettiren tek duygum öfkem. Düşmanım veya dostum... Her ikisine de razıyım. Beni anlıyor musunuz doktor? Aklımı öfkeye sattım ben..."

ÜMİT EN BÜYÜK KÖTÜLÜK

"Sizce gördüğünüz rüyaların bir manası var mı?"

"Bilmiyorum."

"Rüyalar çok değerlidir."

"Ne önemi olabilir ki?"

"Bazı rüyalar insanın derinliklerinden gelen ve uyanma deneyimini harekete geçiren bir mesaj verebilir. Bu yüzden biz terapistler için gördükleriniz kıymetlidir."

"Birçoğu anlamsız kâbuslar."

"Ama geçen haftaki seansımızda uykularınızda mesaj aldığınızı söylemiştiniz."

"Evet, bazen öyle hissediyorum. Çünkü yaşadıklarımı başka bir şeye yoramıyorum. Birisi sürekli konuşuyor benimle. Sanki beynimin içinde benimle birlikte yaşayan başka biri daha var."

"Peki, sizce o kişi kim?"

"Tabii ki Melek. Aslında tek istediğim onu bir kez olsun görebilmek. Ama onca abuk sabuk düşün hiçbirinde o yok. Duyduğum ses onun sesine benziyor sonra değişiyor. Bazen geceyle gündüzü ayırt edemiyorum. Günlerce uyuyor muyum, yoksa zaman kavramımı mı yitirdim bilmiyorum..."

"Bunların bir kısmı aldığınız ilaçların yan etkisi ancak büyük bir bölümü ise geçirmekte olduğunuz şiddetli depresyona karşı beyninizin direnç göstermesi. Mevcut şartları kabullenmemesi ve acıyı yaşamak yerine hissetmemek için uykuyu seçmesi."

"Yani bir kaçış, öyle mi doktor?"

"Böyle de diyebiliriz."

"Anlıyorum..."

Hayır, doğru değildi. Hiçbir şey anlamıyordu ve anlatamıyordu. Haftalardır gitmekte olduğu psikiyatriste, boğazını sıkan bir el ile nefes alabilmenin ne denli zor olduğunu, sokakta yürürken tanımadığı insanların ona nasıl nefretle baktığını, yanına sığındığı annesinin acıyan bakışlarının ardında yaşattığı öfkeyi hissettiğini ve artık yaşamaya sadece intikam için katlandığını anlatamıyordu.

"Ben ona en büyük kötülüğü yaptım doktor. Her zaman yanında olacağıma dair söz verdim. Ve o hep bekledi. Hep ümit etti. Bilir misiniz, ümit en büyük kötülüktür doktor."

Hastanın iyi bir okuyucu olması bir doktor için hem şans hem de şanssızlık olmalı, diye düşündü Raif Bey. İçinden bir ses bu sözlere itiraz etmesini söylüyordu. Belki de ilk kez böyle bir hasta ile karşı karşıyaydı. Bulut kendini çok iyi analiz edebiliyor, çıkarttığı sonuçların felsefesini dahi yapıp durumunu şimdiye değin okuduğu kitaplardan aldıkları ile kıyaslayabiliyordu. Doktor onun her konu hakkında fikir yürütebilecek kapasitede olduğunu biliyordu.

Seansları bir süre sonra karşılıklı felsefi sohbete dönüşüyor ve Raif Bey bu durumdan çok hoşlanıyordu. Hatta son zamanlarda onun geleceği günleri bekler olmuştu. Onun iç dünyasına girdikçe, yaşam felsefesini çözmeye çalıştıkça bir kez daha farkına varıyordu, hayatta her şeyin bir sebebi yoktu. Öyle olması gerekiyordu. Yaradılışı böyleydi ve böyle kabul etmek lazımdı. Onu sıradan metotlarla terapi etmek işi uzatmaktan öteye geçmezdi. Oyuna onun kartları ile devam etmeye karar verdi. Karşısındaki başka biri olsa ona ümit etmenin güzel yanlarını sunarak ikna etmeye çalışır, en azından karşıt görüş hakkında düşünmeye sevk edebilirdi. Bu tehlikeli bir yoldu ve onun safında yer almak, kendini suçlayarak daha çok acı çekmesine izin vermek zorundaydı. Gerçekle yüzleşmek kimi zaman en iyi tedavi şeklinden daha etkili sonuçlar verirdi. Kendi cevaplarını bulabilirdi böylece.

Bulut'un sözlerini başıyla onayladı. "Ümit en son kötülüktür! -Nietzsche" diyerek onun devam etmesi için izin verdi.

"Pandora'nın kutusu açılıp Zeus'un içinde sakladığı tüm kötülükler yeryüzüne saçıldığı zaman son bir kötülük orada saklı kalmıştı: Ümit. Nietzsche'nin dediği gibi, ümit kötülüklerin en kötüsüdür çünkü işkenceyi uzatır. Benim öldürme şeklim celladı asilleştirir. Sorarım size, hangi katil böyle yıllarca süren bir zehri zerk etmiştir kurbanına, hem de aşk elbisesini kuşanarak. Ben tüm cezaları hak ediyorum doktor. Hayatıma giren her kadını aldattım. Buna şu an ki eşim de dahil. Gün aydınlanınca pişmanlık kalmıyordu hiçbir ilişkinin ardında. Bir sonraki bir öncekini unutturuyordu çarçabuk. Babasız büyüyen çocuklar aşk değil şefkat ararmış ilişkilerinde. Beni şefkatin kollarında saran tek aşk Melek'ti. Onu da aldattım. Geçer sandım. Geçmemiş. Bu benim aşkta ilk kaybedişim. Melek'le birlikte kendimi kaybettim. Aslında ben yokmuşum. Hiçmişim. Bana sormuştunuz, 'Aşk nedir? diye hatırlar mısınız? Artık verebilirim cevabımı. Kaybetmekmiş. Belki bu yüzden hep onu kaybetmeye çabaladım. Ona gerçekten âşık olmak istiyordum çünkü..."

Ağlıyordu Bulut. Sözlerin anlatacak gücü kalmamıştı. Yetersizdi kelimeler. Şimdi isyanları gözlerinden dökülüyordu. Vücudu sarsılıyordu hıçkırıkları ile. Terapide ilk kez gözyaşı döküyordu. Belki de bu yüzden bir daha terapiye gelmeyi kesecekti.

AŞK İÇİMİZDE GİZLİ

Muayenehaneden ayrıldığında hava kararmak üzereydi. İşyerlerinden çıkanlar evlerine yetişme telaşındaydılar. İstanbul'un günden güne artan kalabalığı nedeniyle Harbiye Caddesi'nin geniş kaldırımında yürümek güçleşmişti. Altı yıldır uzak kaldığı şehir bıraktığı zaman daha sakin ve tenhaydı. Demek İstanbul'un taşının-toprağının altın olmadığını hâlâ anlamamıştı insanlar. Köylerini, baba ocaklarını bırakıp bin bir umutla gelmeye devam ediyorlardı buraya. Oysa kazandıkları para karşılığında kendilerinden alınan huzur ve sağlıklarıydı...

Ilgaz rüzgârını hissetti yüzünde. Yüreğine bıçak saplanmış gibi acıdı göğsü. Elvan'a benzetti yanından geçen sarışın kadını. Çok zaman geçmişti üzerinden ve ilk kez karısını düşündüğünü fark etti. Çocuklar da gözünde tütüyordu ne zamandır. Özlemişti onları. Cebindeki paketten sigarasını çıkartıp yaktı ve derince bir nefes çektikten sonra biraz olsun rahatladı. Doktor Raif Bey'in sözleri yankılandı kulağında, "Geçmişin tozunu alayım derken bu gününü kırıp dökmemelisin." Halbuki dünün hatalarının bedelini ödemeden ve günahlarını affettirmeden yarının olmayacağını bilmiyordu bu adam ve verdiği ilaçların hiçbir şeye çare olamayacağını da...

Caddedeki araçlar gibi zaman da akıp gidiyordu. Ancak Bulut için son haftalarda saatler durmuşçasına yaşam da durmuştu. Kendini hapsettiği annesinin evinde, sımsıkı örttüğü perdeleri ile güneş girmeyen duvarlarla kaplı bir zindana çevirmişti odasını. Kendi yarattığı bu mahpushanede çilesini dolduruyor, cezasını çekiyordu. Kimi zaman içerden kilitlediği kapının ardından annesinin yakarışlarını bile duyamaz bir haldeydi.

"Yapma evladım. Ölenle ölünmez. Mahvettin kendini. Elvan aradı yine. Hiç olmazsa telefonda konuş karınla. Çocuklar seni soruyormuş."

Yaşlı kadın ne dese kâr etmedi. Bulut terapilere gitmediği günlerde, odasında bir şey yiyip içmeden kaldığı oluyordu. Öyle zamanlarda tuvalete gitmenin dışında ayağa dahi kalkmıyordu. Kâh sırt üstü yattığı yatağında bakışları saatlerce tavanda aynı noktaya kilitlerdi, kâh başını yastığının altına gömerek saklanmaya çalışırdı kendinden. Gecelerin karabasanları gündüzlerin kâbuslarına karışıyordu. Melek'in çığlıkları duvarlardan yankılanıyordu. Duyduğu hep aynı sesti: "Seni affetmiyorum..." Yüzünü göremediği bu hayalin Melek'e ait olduğunu biliyordu. Hıçkırıklarla sarsılan bedeninin bir yıkıntının altında kalmışçasına ezildiğini, bir el tarafından boğazının sıkıldığını ve nefessiz kaldığını hissediyordu. Bir süre sonra psikiyatristin verdiği ilaçlar kâbuslarını ve sinir krizlerini geçirmişti. Ancak ilaçlar uyuşukluk ve uyku yapıyordu.

Üzerine doğru akıp gelen kalabalığa boş gözlerle baktı. "Melek'le kaç kez burada yürüdük" diye geçirdi içinden. Çalan korna sesleri, yanından geçen otobüsün geride bıraktığı simsiyah egzoz dumanı ve sarmaş dolaş yürüyen sevgililerin sinir bozucu görüntüleri arasında düşünceleri dağılıyordu.

Kolunda geçmişin yarenliği ile ağır ağır ilerledi. Defalarca buluşmuşlardı Galatasaray'da. Melek uzaktan kendine doğru gelirken, bir çocuğun yüzünü kaplayan sevinci andıran görüntüsünü keyifle seyrederdi. Sevgilisine koşan her kadın böyle mi mutluluk duyardı? "Ağzını kapat" diye dalga geçmişti bir keresinde. Melek, ağzı kulaklarında gülerek geliyordu karşı kaldırımdan. Bilmiyordu Bulut, adımları sevdaya giderken içinde koşturan, gülen, ağlayan, haykıran âşık bir kadının binlercesini taşıyordu Melek. İstiklal'in orta yerinde sarılmışlardı etraftaki bakışlara aldırmadan. Her seferinde onun yaprak gibi titreyen zayıf bedenini kolları arasına alır, dakikalarca sarılır ve bir kadını böylesi heyecanlandırabilmenin gururu ile vazgeçilmezliğinin bencil egosunu bir kez daha tadardı.

"Tekrar yürümeliyim aynı yerlerde" dedi kaybolacağı kalabalığın uğultusunun içinde kendi sesini bastıracağını düşünerek. Geçmişi ve hafızasında yer alan görüntüler ile ilerlerken yaşamaya dair sebepleri olan insanlar yürüyordu çevresinde. Kendi kendine küfürler savurarak dolaşan bir meczup çarparak geçti yanından. Karşı kaldırımda türkü söyleyen adamın yanında eline büyük gelen bir mikrofonla ona eşlik eden bir kız çocuğu vardı. Oturduğu plastik bir tabu-renin içine yerleştirdiği hoparlörden yayılan ince sesi adeta rüzgârın esintisiyle titriyordu. Yüreği yağmura benzetilen bir sevgiliyi anlatıyordu türkünün sözleri. Küçük kızın yüzünde-ki hüzün bir çocuğa yakışmayacak kadar derindi.

Bir grup genç Tünel'den Taksim'e doğru yürüyordu. Yolun kenarına çekilerek ellerindeki pankartlar ve attıkları slogan-larla İstiklal Caddesi'nin gürültüsünü bastıran eylemcileri bir süre izledi. Birkaç hızlı adım attı onlara doğru. Aralarına katılsa belki de içindeki kavgayı unuturdu. Vazgeçti. Tanıdık sokak araları artık anlamını yitirmiş bir boşluktu onun için. Karnının acıktığını hissetti. Her zaman olduğu gibi İstiklal deyince aklına gelen ilk yer, Melek'le defalarca gittikleri 'Demir'in Yeri' idi. Yan yana oturdukları tahta masada küçük cam bardaktan çaylarını yudumlarlar ve birlikte çift kaşarlı tosttan oluşan en güzel yemeklerini yerlerdi. Yine öyle yap-tı. Demir'e gitti. Mekân yıllar öncesinde bıraktığı gibiydi. Masaların arasına serpiştirilmiş birkaç tabure ve sehpanın dışında değişiklik yoktu. Çayından bir yudum aldı. Ayağı-nın dibine gelen sarı uzun tüylü kediye ekmeğinden bir parça kopartıp attı. Kedinin iştahla önündeki parçayı bitirmesini bekledi. Birkaç ufak parça daha verdikten sonra hatıraların eşliğinde tostunu yemeğe başladı.

Tavanda dönen pervanenin esintisi ile saçları uçuşurdu Melek'in. Burada anlatmıştı yetiştirme yurdunda aç yattığı geceleri. Bir kuru sandviç için biriktirdiği harçlığını ve onu derinden sarsan cümleyi söylemişti.

"İnsanlara güvenmiyorum. Kendi menfaatleri için yapmayacakları şey yok. Ama sen başkasın. Sen beni bırakmazsın."

"Yok benim de onlardan bir farkım. Bu kadar güvenme bana. Sen kendi gözünde bir Bulut oluşturdun ve aslında aşık olduğun o Bulut'la gerçeği arasında dağlar kadar fark var. Ama bunu görmek istemiyorsun. Belki insanlara neden güvenmediğini bile bilmiyorsun. Bir düşün. Sebep babanın anneni öldürmesi mi?"

Bulut bu soruyu sorduğu an pişman olmuştu. Fakat söz aynı silah gibiydi. Ağızdan çıktıktan sonra vardığı hedefte açacağı yarayı engellemek mümkün olmuyordu.

Melek'in gölgelenen yüzünde ona geçmişi hatırlatan acının sebebini Bulut çok sonraları öğrenecekti; Meleği uzaklara dalan gözlerinde kümelenen yaşları dışarıya dökmeden içine doğru sindirmeyi başarmıştı yine. Arka masada tavla oynayanların zar-pul sesleri karışmıştı sessizliklerine. Sokağa taşan demir ayaklı küçük mermer masaların soğuğu kaplamıştı kafenin içini.

Bulut çayının son yudumunu alarak etrafına bakındı. Aklının odalarında hatıraları savrulurken Melek onu duyuyor muydu?

"Ah be Melek'im! Bağırıp çağırsaydın ya bana. Veya bir gün de sen çekip gitseydin. Şimdi hatıralarım da eksik. Devşirip devşirip düşündüğüm yaşanmışlıkların yanında ne çok yarına bıraktıklarımız varmış. Özledim sarılmalarımızı, kollarımdaki heyecanını."

Melek'i kollarına aldığında onun kalp atışlarını hisseder, yüreğini küçük bir kuşun titreyişine benzetirdi. Başı dakikalarca göğsüne yaslı kalırdı. Bulut erkekçe bir gururu yaşarken Melek o sarılışlarda kaybettiği babasını, yaşayamadığı aile sıcağını, güven duygusunu ve sahip olduğu tek gerçeği, aşkı yaşardı.

"Senden sonra hiçbir kol beni öyle sevda ile sarmadı. Kalbimin içine kadar hissettiğim yürek atışını yaşatmadı. Korktum aşkının gücünden. Kaçmam belki bu yüzdendi. İçimizi saran ateşin zamanla alevlenip etrafımızı da yakmasından, sana zarar vermekten korktum. Peki ya şimdi neyin peşindeyim? Kaybettiklerimi yerine koyabilme ihtimalim yokken bu çırpınışlar neden? Erişilemeyene duyulan özlem, aşka yenik düşmenin kabul edilemez hırçınlığı mı bu kavganın nedeni?"

Bulut aslında cevabı çok basit olan bu soruları ve aradığı aşkın anlamını kendi içine doğru olan yolculuğunu sonlandırdığında anlayacaktı. Peşinden gittiği, aslında çok iyi bildiği o söz değil miydi?

"*Aşk aramanız gereken değil, hep içimizde gizlenendir…*"

İSTİKLAL'İN ORTA YERİ

Şehrin uğultusu düşüncelerine eşlik ederken Taksim'e kadar ağır adımlarla gelerek meydandan caddenin karşısına geçti. Üzerinde, "Bostancı" yazan levhaya doğru ilerledi. Dolmuş sırasında birkaç kişi vardı. Beklerken etrafındakilere bakmamaya çabalıyor ve "Bu sefer bana çevrilen gözleri görmeyeceğim. Tüm bunlar aklımın oynadığı oyunlar, yoksa bunca insanın beni tanıyor olması imkânsız" diye düşünerek kendini rahatlatmaya çalışıyordu. Sigarasından son bir nefes çekip yere attı ve izmariti ayağı ile ezdikten sonra gelen arabaya bindi. Yanına oturan yaşlı adamın ona doğru dönerek hareketlerini dikkatlice izlediğini görmezlikten gelerek başını cama dayadı ve gözlerini yumdu.

Artık buraya ait değildi. Hiçbir yere ait olmak istemiyordu. Defalarca buluştukları, sabah kahvelerini içtikleri, birlikte yemek yedikleri bu semt bir yabancıya dönüşmüştü. Geriye içinde yaşatacağı boş bir meydan kalmıştı... Ve kulağında Meleğinin ona yazdığı şiiri;

"*...Başın secdeye değdiğinde*
Avuçlarını açıp dua ettiğinde
Sevdaya nazar bir mavi boncukta
Gecenin yarısı uykunu böldüğümde
Ve
İstiklal'in orta yerinde
Beni hatırla istiyorum..."

***

Dolmuş ilerledikçe gençliğinin hayali İstanbul caddelerinde hızlandırılmış film şeridi gibi akmaya başladı. Anadolu yakasında yaşadığı halde şehrin altını üstüne getirmiş, gezip dolaşmadığı semt, girip çıkmadığı bar, pavyon kalmamıştı. Günlük ilişkilerini haftalık, aylık sevgilileri ile çakıştırmamak için kurduğu senaryolar ile başlamıştı belki de sinemaya olan ilgisi.

"Söz vermiştim Melek'e, onun filmini çekecektim" dedi düşüncelerinin arasından seslice.

"Bir şey mi dedin evladım?"

"Yok bey amca, ben kendi kendime söylüyordum."

Bulut'un verdiği cevapla yaşlı adam, "Fesuphanallah" diyerek elindeki tespihi çekmeye koyuldu.

28 yaşındaydı Melek'le tanıştıkları zaman. Ona ilk sözüydü, "Sana âşık olmalıyım"... Diğerleri gibi gelip geçici bir aşk olacağını sanmıştı. Birkaç günlük gönül macerası, hoş birkaç saat ve ardından yeni bir tenin bedenine yaşatacağı zevk anlarından ibaret olacaktı bu da. Hesaba katmamıştı

Melek'in -zannettiğinin aksine- aşkın ne demek olduğunu ona öğreteceğini ve yıllar sonra sevdası uğruna kendi canını vereceğini.

Araç, akşam trafiğinin yoğunluğu içinde ilerlerken Bulut da kendi dünyasının yolculuğundaydı.

"Sen bana kötülük yapamazsın. Kızdığın zamanlarda bana yazdığın mektuplar sitem taşısa dahi cümlelerin beni üzecek endişesi taşır, hissederim. Sözcüklerin kalbinden süzülerek geçer kalemine. Anlarım ne demek istediğini, kırıldığını, incindiğini ama yine de beni çok sevdiğini."

"Bilirsin de niye o zaman bu kadar üzersin!"

"Ah Melek'im sen beni fazla büyütüyorsun içinde. Anlayacaksın bir gün senden daha önemli kimse yok aslında. Ben senin yarattığın bir aşkım. Eninde sonunda ölecek bir aşk."

Bulut, geçmişin hayalini canlandırdıkça nefesi hızlanmaya başladı. Melek'in buğulu hayali belirdi ve tekrar yok oldu. Alnından boncuk boncuk terler dökülüyordu. İşte yine o el boğazına yapışmış sıkıyordu. Can havli ile arabanın camını açtı. Dışarıdan esen rüzgâra doğru başını uzattı. Soğuk hava yüzüne tokat gibi çarptıkça vücudu titriyordu. Yanındaki yaşlı adamın kolunu dürtmesi ile kendine seslenildiğini duydu.

"Oğlum iyi misin?"

Zoraki, "İyiyim" diyebildi. Dolmuşun içindeki diğer yolcuların meraklı bakışlarını üzerinde hissediyordu. Camı kapattı. Başını koltuğun arkasına yasladı. "Evet iyiyim" dedi içinden ve ilave etti... "Turgut'u geberttiğim gün daha iyi olacağım." Ardından da "Hazır bulmuşken cenazede işini bitirmeliydim. Şimdi o hayvanı ara dur bakalım Bulut Efendi" diye mırıldandı.

Eğer babasının ölümünü hatırlayabilseydi, ölüm acısının daha önceden şiddetini bilir ve belki de şimdi daha dirençli olurdu ona karşı. Sahi, "Ölüme karşı dirençli olmak" diye bir şey var mıydı? Her bir kayıpla hayata karşı daha çok güç mü kazanılırdı? Aslında ölümle tanışması henüz birkaç günlük bebekken babasının geçirdiği kaza ile olmuştu. Ama o zamanlar Bulut bunun farkında olamayacak kadar küçüktü ve şimdi anlayabiliyordu üzerinden kırk yıl geçtiği halde annesinin neden hâlâ kocasının yasını tutmaya devam ettiğini. Çünkü ölülerin yaşı yoktu. Dünya takvimi ile üzerinden geçen zaman acıyı dindiriyor gibi görünse de, sevdiğine kavuşmanın imkânsızlığını düşündüğün an hissettiğin sızı ile yaranın aynı yerinde durduğunu ve kanadığını fark ediyordu insan ve "Zaman en iyi ilaçtır" gibi avuntularla kendini kandırdığını anlıyordu.

***

Boğaziçi Köprüsü'nün üzerindeki araçlar akşam trafiğinde adım adım ilerliyordu. Bakışları uzakta beliren Kız Kulesi'nin yanan ışıklarına takılı kaldı uzunca bir süre. Ne çok severdi Melek Salacak'ı. Sahilde oturup saatlerce izlerlerdi kuleyi. İçine girmeyi hiç istememişlerdi ikisi de. "Karşıdan bakıp seyretmek daha güzel, içinde olursak bu ihtişamı nasıl görürüz" derdi Melek. Aslında Bulut'ta tam onun dediği gibi yaptı. Sevdiği kadını hep karşıdan izledi. Kaybetmekten korkarken kendini ondan kaçar halde buldu. Hasretle yanarken Melek'ten gelen mektupları cevapsız bıraktı. Kendinden o kadar emindi ki, Turgut'la evlendiğini öğrendiğinde bile çok üzülmedi. Nasıl olsa Melek ona geri dönecekti. Bilmiyordu, oynadığı poker gibi kuralları yoktu aşkın. Kart bir kere elinden gidince oyun biterdi.

Ama oyuna hile karışmıştı. Hem de Melek'in, kardeş gibi sevdiği Betül tarafından. Aynı yuvada ve yurtta kalmışlar, birlikte büyümüşlerdi. Melek'in kimsesizliğine kalkan olmuştu Betül'ün dostluğu.

"Sen de vereceksin yaptıklarının hesabını Betül Hanım" diye söylendi içinden Bulut. Ceketinin iç cebinden Birol'un cenazede ayrılırken verdiği kartını çıkartıp arkasını çevirdi.

"Bak buraya adresi yazıyorum. Eski eve çok yakın, rahat bulursun. Ilgaz'a dönmeden önce muhakkak bir akşam yemeğe gel. Eminim Betül'de çok mutlu olur. Bir de" diyerek susmuştu Birol.

"Bir de ne?"

Birol gözlerini kaçırmıştı arkadaşından. Omuzları düşüp, sesi kısılmıştı.

"Şu yazdığın mektup var ya... Hani Melek'e vermesi için Betül'e bıraktığın..."

"Eee... Geveleyip durma ağzında lafı. Söyle ne diyeceksen!"

Zorla çıkıyordu cümleler Birol'un ağzından. Boncuk boncuk terlemişti geniş alnı.

"O mektup otel odasındaymış... Melek'i bulduklarında... Betül almış, sana vermek için... Herhalde..."

Dinlememişti sonrasını, sormamıştı başka bir şey daha. Taşıyabileceğinden fazlası yükleniyordu yüreğine. Kendi çığlığını atıyordu kadere ve ardından küfürler, lanetler yağdırıyordu…

***

Bulut, daldığı düşüncelerden sıyrıldığında dolmuş son durağa gelmişti. Arabadan inip caddeye doğru ilerledi. Bir süre kırmızı ışıkta bekleyip Bostancı sahiline doğru yürümeye başladı. Durdu, "Bu işi yarına bırakmanın bir anlamı yok" diye söylendi. Beynini kemiren sorulardan kurtulması için aldığı kararları uygulamaya geçirmeliydi. Gelen taksiye elini kaldırdı. Arka koltuğa oturdu. Cebinden adresin yazılı olduğu kartı çıkartıp şoföre doğru uzattı.

AKREBİ ÖLDÜREN

Dostluk denen değer, son ana kadar belli etmiyor giyindiği elbiseyi. Zamanı geldiğinde altın yazmalı kaftanların içinden yamalı bohçalar çıkıyor gün yüzüne ve sırrı dökülüyor varak aynaların. Hatta gün gelip beden elbisesini dahi tutamaz oluyor üzerinde. Belki de bu yüzden yalnız gömülüyor insanoğlu. Çünkü kendi varlığı dışında sahip olduğu kimsesi yok. Ardında kalanlar ise üç beş gözyaşı damlasıyla acılarını giderip yaşamlarının çarkına devam ediyorlar kaldıkları yerden.

Betül de en güzel örneğiydi yalancı dostluğun. Birol'un söylediğinin aksine Bulut'u asla görmek istemiyordu. Ona göre Bulut, Melek'le arasının bozulmasına sebep olan kişiydi. Belki de tekrar görürse ona karşı bastırdığı duygularının canlanacağından korkuyordu. Ya da kendi vicdanını hafifletmek adına suçu üzerinden atarak geçmişin günahını örteceğini sanıyordu. Oysaki Melek'le arkadaşlıkları, Bulut'un Betül'e teslim ettiği mektubu ona vermek yerine saklaması ve bununla beraber yıllar sonra bir sırrın da açığa çıkması ile bitmişti. En yakın arkadaşının sevgilisiyle yaşadığı ilişkiyi öğrenmek, Melek'i intihara götüren yolun başlangıcı oldu. Ama Betül o zamanlar arkadaşının ölümünden kendini sorumlu hissetmediği için, cenaze törenine gitmeyerek kendince bir ölüyü cezalandırdı.

Betül'e göre tek suçlu varsa o da bir zamanlar kısa süreliğine macera yaşadığı Bulut'tu. Yıllar sonra Melek'in karşısına çıkıp yaşamını allak bullak etmişti. Ölüm haberini aldığında çok üzülüp ağladı ancak yine de küs olduğu arkadaşına veda etmeye gitmemeyi yeğledi.

***

Bulut, dış kapının önünde uzunca bir süre bekledikten sonra üzerinde Birol'un adının yazılı olduğu zili çaldı. Bu habersiz ziyaretin Betül'de nasıl bir etki yapacağını düşünmeden edemiyordu. Tam içinden, "Belki de evde kimse yoktur" diye düşünürken megafondan gelen boğuk sesi duydu.

"Kim o?"

"Benim, Bulut..."

Kısa bir duraklamadan sonra sokağa yayıldı kadının kızgınlığı.

"Defol buradan..."

"Olay çıkartmamı istemiyorsan aç" diyerek kapının demir ferforjelerine hırsla yumruğunu indirdi Bulut ve ardından otomatiğin açılmasıyla hızlıca içeri girdi. Bir an önce bitmeliydi bu iş.

Asansörden indiğinde koridorun ışığını yakmadan loş zeminde birkaç adım attı. Betül araladığı kapıdan bağırıyordu.

"Ne arıyorsun burada?"

"Senin suratını görmeye gelmedim Betül Hanım. Mektubu almaya geldim. Bana verilecek bir de cevabın var. Haa, bir de Turgut'un adresi. Onları alıp gideceğim."

Betül sinirli bir halde, "Neymiş" der gibi elini salladı. Bulut son bir adım daha atarak ona yaklaştığında yanan koridor ışığı ile karşısında duran sapsarı bir surat gördü. Betül yılların ardından yaşlanmış ve zaten kısa olan boyu sanki daha da küçülmüştü. Agresif hareketler yapan bu kadının boğazını sıkmak geçti içinden...

"Neden Melek'e yazdığım mektubu vermedin?"

"Melek'in ölümünü mü bekledin bunu sormak için?"

Bulut'un hiddetle kalkan eli bir süre havada kaldı. Sesi en az öfkesi kadar şiddetliydi. Apartmanın merdiven boşluğundan yankılandı bağırması.

"Cevap ver!"

Karşı dairenin kapısı açılıp tekrar kapandı. Betül'ün sesi titriyordu.

"Onun yuvasını korudum. Tekrar yaşantısına girecek ve mahvedecektin."

"Yalancı kaltak. Hepinizin Allah belasını versin. Hayatında bir kere işe yara bari. Turgut nerede onu söyle."

Betül birkaç dakikalığına geçmişe döndü. Karşısındaki bu adam yıllar önce yine bir akşam vakti evlerine gelip Melek'i bulmaları için onlara yalvarmıştı.

"Defalarca posta kutusuna mektup gönderdim. Eline geçmiyor demek ki. Yoksa Melek cevapsız bırakmazdı beni. Tedavi oldum. Artık eski Bulut değilim. Melek'le konuşmam, tüm bunları ona anlatmam lazım. Bana yardımcı olun. Bu mektubu ona verin. Eğer cevap vermezse gideceğim buralardan. Bizim için son bir şans... Lütfen..."

Betül içinde bir sızı hissetti. Saklamak yerine son şansı tanıyıp mektubu Melek'e zamanında ulaştırsaydı bunların hiçbiri yaşanmamış olacaktı. Belki de Melek hayatta olacaktı. Geçmişteki Bulut'u bir anlığına bile hatırlamış olmak aynı zamanda ona karşı hissettiği farklı duyguların da yıllar sonra kabarmasına sebep oldu. Kalbinin deli gibi çarpıyor olması sadece kızgınlığından olamazdı. Gerçek sebebin farkına varması ise daha çok sinirlerini bozuyordu. Kapının yanındaki konsolun çekmecesini açıp çıkarttığı kâğıda Turgut'un adresini yazarak Bulut'a uzattı.

"Al ne halin varsa gör!"

"Şu mektubu ver!"

"Bilmiyorum nerede... Hatırlamıyorum kaldırdığım yeri."

Bu cümleleri söylerken bile doğrusunun böyle olmadığını çok iyi biliyordu. Hem bir an önce gitmesini istiyor hem de gidişini ertelemek için oyalıyordu.

"Aramam lazım. Belki atmışımdır."

"Ara o zaman. Birol sende olduğunu söyledi. O mektubu almadan şuradan şuraya gitmeyeceğim, bunu bil!"

İtiraz etmenin bir faydası yoktu. Kapıyı açık bırakarak içeri doğru ilerledi. Bulut'un arkasından takip ettiğini hissettikçe bacaklarının titremesi daha çok artıyordu. Heyecanının sesine yansımasından korktuğu için konuşmadan koridoru geçti ve aralık mutfak kapısını hırsla iterek açtı. Cam bloklu kapının duvara çarpması ile çıkan ses evin içinde yankılandı. Davlumbazın lambasından dağılan loş ışık akşamın karanlığını gidermeye yetmiyordu.

Betül, duvardaki elektrik düğmesine basmasıyla aydınlığa kavuşan görüntüden rahatsız oldu. Kapının yanında atılmayı bekleyen çöp poşeti, buharı çıkması için kapağı açık bıraktığı bulaşık makinesi ve içtiği kahve fincanın tezgâhın üzerinde durması gözüne battı. Az önce altını kapattığı tencereyi balkona çıkartmadığı için pişman oldu. Pişirdiği etli biber dolmasının kokusu tüm mutfağı sarmıştı. Bulut'u gördüğü andan itibaren midesinde oluşan kasılma gittikçe şiddetini artırmış, bulantısı dayanılmaz bir hal almaya başlamıştı.

"Birazdan kusacağım" diye geçirdi içinden. Biliyordu, az sonra öğürtüleri tutacak ve kusmadan rahatlayamayacaktı. Çocukluğundan beri böyleydi. Ne zaman üzülse, kızsa mide sancıları içinde kıvranırdı. Yetiştirme yurdundaki çağlarından kalmıştı bu ağrılar. Gece etüdünde tutmuştu bir kez. Cebindeki parayı çaldırdığını fark ettiği an kramp girmişti karnına.

"Biliyorum o mendebur Sevin aldı."

"Kesin o almıştır. Zahide öğretmene gidelim gel."

"Hayır, nöbetçi ablalar izin vermez. Hem bize inanır mı ki?"

"Ben gidiyorum, sen kal burada."

"Melek bekle… Gitme…"

Dinlememişti onu Melek. Dayak yeme pahasına gitmişti hem de. Etütten izinsiz çıktığı için tokat atmıştı büyük kızlardan biri suratına. Birbirlerine sarılıp ağlamışlardı tuvalete gizlenip. Betül çaldırdığı üç kuruş parasına, Melek ise onuruna vurulan tokada... Kimse boş yere kötü olmuyordu. Sebepsiz değildi hiçbir şey. Herkesin bir hikâyesi vardı. Acıları vardı gizlediği. Çocuk yaşlarında aynı kaderi paylaşıp benzer acıları yaşamışlar ama sonunda düşman olmuşlardı. Hırsla baktı Bulut'un yüzüne. Mutfak dolabının çekmecesinden çıkarttığı yemek kitabını hışımla ona doğru fırlattı.

"Ne bu?"

"Mektubun içinde. Al ve defol!"

Bulut havada yakaladığı kitabın yapraklarını hızla tarayıp, sararmış zarfın sıkıştırıldığı sayfayı açtı. Anlık alaycı gülümseme oluştu yüzünde.

"Mektubu saklamak için ilginç bir yer! İncir Tatlısı."

Tam, "Sen severdin cevizli incir tatlısını" diyecek oldu ve duraladı Betül. Elini sinirli bir halde havaya kaldırarak suçunu gizlemeye çalışan çocuk gibi geçiştirmeye çabaladı.

"Eee, ne olmuş yani! Orası denk gelmiş, saklamışım."

Bulut'un üzerine diktiği gözlerindeki küçümser ifadeyi fark edince dilini tutamadı.

"Ne bakıyorsun? Ne var? Ne? Aldın işte istediklerini. Bir daha da beni rahatsız etme!"

Sözler ağzından çıktığında pişman olmuştu. "Kal" demek istiyordu. "Birazdan Birol gelir. Bizimle yemeğe kal. Eski günlerdeki gibi" demek için çok geçti.

Bulut mektubunun içinde olduğu zarfı cebine yerleştirip elindeki kitabı onun ayaklarının dibine attı. Yüzü çoktan, gergin ve sert halini almıştı. Betül'ün gözlerinden yaşlar boşalmaya başlamadan önce son cümlelerini söyleyip sokak kapısına ulaştı.

"Şeytan görsün yüzünü. Suratına okkalı bir tükürmek isterdim ama tükürüğüme yazık!"

Kapanan kapının duvarlara çarpan çelik sesi, Bulut'un içinden savurduğu küfürleri bastırabilir miydi acaba? Bu ziyaretten sonra kendini rahatlamış hissedeceğini zannederken daha beter bir öfke içine düşmüştü. Her gün daha çok büyüyen çaresizlik olmalıydı bu duygu. Etrafını saran ateş çemberinden kurtulmak için kendini zehirleyen akrep gibi sonunda bu cezayı kime ödeteceğini çok iyi biliyordu. Fakat başka bir inanış daha vardı ki o da -aslında bilinenin tersine- akreplerin kendi zehirlerine karşı bağışıklıkları vardı ve onları öldüren aslında dayanılmaz ateşti.

SENDEN SONRA

Melek'im,

İnsan çoğu zaman o eşsizliğin ortasında öylesine kendi başına durabilmek ister. Zanneder ki her türlü sıkıntısını yalnızlığın bu şekli ile üzerinden atacaktır. Ancak hiç de umduğu gibi olmaz. Hayat bazen beklediklerini değil birden bire karşına çıkıvereni verir sana. Baştan şaşırsan da, bu lütfun sebebini sorgulasan da asıl yapman gereken ona sahip çıkıp mutlu olmaktır. Evet, yanlış söylemedim önce sen mutlu olmalısın ki sonra onu mutlu edebilesin. İşte seninle tesadüfen karşılaşmışız gibi yaptığım o geceden sonra pek çok kez bunu düşündüm.

Şaşırma hemen. Tabii ki sen beni ilk defa o mutfakta görmüştün, ama ben seni o eve ilk girdiğin anda görmüştüm. Yanımda, yöremde herhangi bir kalabalık olmadığından beni fark etmemiş olabilirsin ancak ben hep fırsat kollamıştım. Seninle ne yapıp edip tanışmalıydım. Genelde hep böyle olurdu. İlk hamleyi ustaca yapar, karşımdaki kadını etkileyici ilk cümleyi söyler, onun aklını aldıktan sonra artık birkaç gün sürecek macerama başlamış olurdum. Sonra da sıkılıp arkama bak-

madan çekip giderdim. Bir süre sonra fark ettim ki aslında kadınların da istediği buydu. Çok fazla bunaltmayacak tipler olsun çevrelerinde, kendisini biraz pohpohlasın ve iş uzamadan çekip gitsin. Ama öyle olmuyor işte her zaman. Günü akşam etmeden bitip giden ilişkilerim bir zaman sonra beni kesmez oldu ama aşkı da unutmuştum ya da ilk günahın sahibi ben olduğumdan artık her adımım günah sayılıp aşkı kimsede bulamıyordum.

"Sana aşık olmalıyım" dememe sebep buydu işte. Zorunluluk gibi değil mi? Değil aslında. Sana aşık olmalıydım zira aşksızlıktan damarlarım kurumuş, kan yerine ruhuma ulaşan duman olmuştu. Kaybettiğim ruhumu, yok olmaya yüz tutmuş bedenimi aşkınla tedavi edebilirdim ancak. Evet biliyorum bencilceydi bu yaklaşımım fakat doğrusu budur.

Şimdi belki de benden daha çok nefret ediyorsun, bilemiyorum. Ama denedim. Gerçekten de denedim ve sana aşık oldum. Tenine dokunmaya kıyamadığım, aşkların en temizini yaşadığımızı anladığım sen, hep gitmelerle kalmalar arasında bocalayan sen, bir süre sonra sonsuza kadar yanımda kalmaya karar verdiğinde ki ben bunu hemen oracıkta anlamıştım. Tahta masada yan yana oturduğumuz gün, paylaştığımız lokmamızı dünyanın en güzel şeyini yiyormuşçasına çiğnediğimiz anda, sen bana bakıp da mutluluktan ışıl ışıl parlayan gözlerinle iç çektiğinde anlamıştım. Evet, sen aşkı bulmuştun hem de hiç aramadığın bir anda. Oysa ben senin aşık olup bir ömür yaşayacağın adam değildim. Ben hiç kimse için öyle biri değildim. Çok istemiştim birileri için bu kadar anlamlı bir hayatım olsun ve birileri beni hep sevsin. Kendimi sürüklediğim batağa seni de bencilce çekmek üzere olduğumu fark ettim. Gitmeliydim. Ertesi gün ilk ayrılığı yaşamıştık. Sonra diğerleri... Senin anlam veremediğin her gidişim sana biraz daha yaklaşmak için girdiğim çabanın, savaşın sonunda, yenik düştüğüm zaferlerle dönüşüme denk geliyordu. Ama dönüşlerim sana olmuyordu maalesef. Uzaktan seni izliyor, sana sesleniyor ama hiçbir zaman sana gelemiyordum.

Cesaretimi toparlayıp nasıl bir adam olduğumu görmene müsaade ettiğimde ise tahmin ettiğim ve beklediğim gibi sen buna dayanamadın. Görünüşte gitmiştin, belki de bir daha hiç geri dönmeyecektin.

Son bir şans vermiştin bana ve ben bunu kullanmak temizlenmek, arınmak için içimdeki yolculuğumu tamamlamak ve o adamı parçalara ayırıp yok etmek zorundaydım. Bilemiyordum senin günler geceler boyu yokluğumla savaştığını, aşktan ölüp ölüp küllerinden dirildiğini. Bir yokluk çemberinde ışığı arayan pervaneler gibi hep karanlığa koştuğunu... Şimdi temizlenmiş ruhum daha iyi anlıyor seni. Ama bu defa da ben bulamıyorum ışıl ışıl bakan gözlerini. Yıllar sonra belki bir gün bir yerlerde karşına çıkabilecek cesareti bulduğumda gözlerinin başkası için güldüğünü görüp acının ve kaybedişin ne olduğunu yeniden öğreneceğim. Bu benim kaçınılmaz kaderimdir biliyorum.

Ve işte o zaman aradığım aşkın anlamına kavuşacağım... Aşkın yaşamak değil ölüm olduğunu anlayacağım...

BULUT

***

Elleri titreyerek açtı zarfı. Her cümlede boğazı düğümlendi. Sevdiği kadına kavuşmak için yazdığı bu satırlar onu ölüme taşımıştı. Sokağın ortasında ağlayan koca adama şaşkınlık ve merakla bakan gözleri fark etmemişti bile.

Saatlerce yürüdü caddelerde. Gördüğü her şey unuttuğu sandığı bir anı ortaya çıkartıyordu. Ne çok korkardı Melek köpeklerden. "İnsandan sana daha fazla zarar gelir" demişti bir gün ona.

"Biliyorum, ama sen beni onlardan da korursun Bulut'um..."

Halbuki hiçbir şey yapamamıştı. Şimdi seyre daldığı sokak köpeklerinin birbirleriyle dalaştığı gibi sadece kendisiyle kavga ediyor, geçmişle hesaplaşıyordu.

"Koruyamadım Melek'im. İnsan en fazla sevdiklerine zarar verirmiş. Ben seni kendimden korumak istedim aslında. Benim serseri ruhum sana layık bir yaşam sunamazdı. Düştüğüm bataklara seni de sürüklemekten korktum. Sana daha çok bağlanmaktan, belki de âşık olmaktan korktum. Sen altını çizerek yaşardın hayatı. Tıpkı, okuduğun kitapların altını çizdiğin gibi. "Neden" diye sorduğumda, "Hakkını vererek okumak istiyorum" demiştin. İçine işleyen sözleri, yaşadıklarını, yaşamak istediklerini, beğendiğin cümleleri, tıpkı yaşanmış hayat gibi geride iz bırakması için altını çizerdin. Aşk da öyleydi senin için. Gelip geçici değil ebedi bir serüvendi.

Bense günlük yaşardım. Ertesi günü düşünmeden. Sen yaşanmışlıklarına dair günlükler tutarken, ben bir gün hayata geçirmeyi planladığım senaryolarımı bile kâğıda geçmeye üşenir, kafamda yazardım. Bazen olmuş birer olay gibi sana anlatırdım. Merakla dinlerdin, kimi zaman hüzünlenir kimi zaman çocukça hayallerime ortak olurdun. Her hikâyenin sonunu illa bize bağlardın. Anlardım amacını Melek'im. Aslında hep merak ederdin, seni düşünür müyüm diye. Sorduğunda güler geçerdim. İçin içini yerdi bilirdim ama yine de seni rahatlatacak en ufak bir şey söylemezdim. Sinsice bir hazdı duyumsadığım. Senden kaçmakla bana daha çok geleceğini biliyordum çünkü. Hep öyle olmuştu. Erkekçe bir oyun muydu bu, yoksa kendimi tatmin ediş şekli miydi? Sana hep "Beni gözünde fazla büyütme. Sandığın gibi bir adam değilim ben" derdim.

"Ani verilmiş bir kararla İstanbul dışına çıkıyorum. Hafta sonu dönerim. Pazar günü 15.30'da Haydarpaşa Garı'nda seni bekliyor olacağım" yazılı iki satırlık bir not ile ortadan kaybolduğum bir hafta boyunca neler yaşayabileceğini tahmin etmedim. Eminim söylemesen de kaygı içindeydin, merak ettin nerede olduğumu. Hiçbir yerdeydim. Evet, hiçbir yere gitmemiştim. Bir hafta boyunca Kadıköy'de izbe bir odanın içinde esrar ve alkol ikilisi ile dışarı çıkmadan oturdum. Yaptığım tek şey kaybettiğim kendimi aramaktı. Sayfalar dolusu yazı yazıp hepsini yırtıp atıyordum. İlk kez durmadan yazmak istiyordum. İçimde sakladıklarımı, gerçek kimliğimi satırlarla dışa vurabilmekti amacım.

Senden ayrıldıktan sonra ise bir daha mektup yazamadım. Oysa şiirler, senaryolar benim gençliğimin vazgeçilmeziydi. Kurduğum hayallerimle tutunurdum toyluğun asi yanına. Düzene karşı çıkışlarım, insanoğlunu anlayamayışım ve mevcut beyinlerden yeni kimlikler yaratabilmek, yepyeni bir toplum oluşturabilmek, eyleme dönüştüremediğim ancak düşüncelerimden kalemime dökülen sessiz savaşlarımdı. Bir gün tüm bu fikirleri film haline getirip insanların görmelerini, kendilerini izleyerek ne halde olduklarını anlamalarını sağlayacaktım. Ancak farkında olurlarsa değişebilirlerdi. Her bir fert değiştikçe toplum da değişecekti.

Oysa şimdi her şey anlamını yitirdi. Seni bu sona getiren başlangıç benken, diğer insanlardan intikam almak için peşlerine düşmek bile acizliğimin bir göstergesi. Dokunduğum insanlara zarar veriyorum. Gökyüzüne kurduğum benlik çatısı altında çevremdekileri yargılarken daha çok yalnızlaşıyorum. Ve kaybediyorum. Sevdiklerimi, beni sevenleri ve de kendimi.

Hâlâ merak ediyor musun beni? İşte böyle senden sonram..."

İNSAN KÖTÜ OLAMAZ

Bulut eve geldiğinde sabah ezanı okunuyordu. On yıldır uğramadığı semtinde tek değişmeyen yer odasıydı. Annesi, sanki o ayrılmamış gibi oğluna ait hiçbir şeyi ellememişti. Yatak örtüsü, perdeleri, kitapları, çalışma masası, gece lambası ve duvara astığı, *Yalnız Gemi* tablosu bile yerli yerinde duruyordu.

Namaz kılan annesinin seccadedeki hareketlerini izledi, içinin huzurla dolduğunu fark etti. Günler, geceler boyu süren hesaplaşmaları ve saatlerdir yürüdüğü yollarda aradığı geçmişin izleri sadece acı vermişti yüreğine. Bu ağırlığı gidermenin tek bir yolu vardı. Lavaboya gidip abdest aldı. Odasındaki kitaplığın en üst rafında duran Kur'an-ı Kerim'i eline alıp üç kez öpüp başına koydu. Yüzünü kıbleye vererek, yere oturup bağdaş kurdu.

Besmele çekip Yasin Suresi'ni okumaya başladığında, Yaradan'ın onun sesini duyduğundan emindi. Biliyordu, "Yasin Suresi" her ne niyetle okunursa yapılan dualar kabul olurdu. Okudukça gözlerinden akan yaşlarla beraber hafiflediğini hissetti. Sanki haftalardır yüreğini sıkıştıran çember yavaşça açılıyor ve ferahlıyordu. Kur'an okuması bitip dualar eşliğinde Melek'in ruhuna gönderdikten sonra yorgunluktan kıyafetleri ile kendini yatağına bıraktı, gözlerini kapatırken ilk kez huzurluydu. Uykuya teslim ettiği bedeninde, bilinçaltı serbestçe anıların derinliklerinde dolaşıyor, içinden Melek'le konuşuyor, ona kötü biri olmadığını söyleyerek af diliyordu.

"Allah'ın ruhunu üfleyerek yarattığı insan kötü olamaz Melekçiğim. Farkında olacaklar elbet bir gün hatalarının. Yaraladıkları her bir ruhun hesabını verirken çektikleri azap, vicdanlarına verdikleri zulümden daha az olmayacak."

"Onlar fark ettiklerinde ne değişecek ki? Çekilen acılar yaşanmamış mı sayılacak? En değer verdiklerimiz değil mi aslında en derin yaraları açanlar?"

"Belki af kapısını çaldıklarında, pişmanlıkları ve üzüntüleri ile kırdıkları gönülleri alabilirler. Ne dersin, sen de affedecek misin beni?"

"Yaralı bir yüreğe sahipken, sevdayı helal etmek sence dille olabilir mi?"

Olmazdı elbet... Ve bu yüzden bitmiyordu Bulut'un kâbusları. Muhtemelen Melek onu affetmediği için rüyalarında yüzünü göstermiyordu. Ne gündüzün hayalleri ne de gecelerin düşleri kâfi geliyordu anlatmak için. Bazı zamanlar susmak en iyi çare olarak gözüküyordu. Bu yüzden günler boyu hiç kimse ile konuşmadan duruyor, gittiği psikiyatriste dahi yaşadıklarını izah etmekte güçlük çekiyordu.

Ah, bir de içinde konuşan sesleri susturmanın bir yolu olabilseydi...

İNSANI TANIMAK

Bulut, gözlerini açtığında hava kararmıştı. İlk aklına düşen yine rüyasında yüzünü göremediği Melek oldu. Aylardır içinde taşıdığı yanardağın yeniden lavlarını püskürtmeye başlamasıyla acılarının yerli yerinde durduğunu hissetti. Hâlbuki uykuya dalmadan önce huzura erdiğini sanmıştı. Öfkesi, intikam duygusu, vicdan azabı… Hiçbir şey hafiflememişti.

"Keşke uyuyup uyandıktan sonra yaşam kaldığı yerden devam etmeseydi" dedi.

Yatağından doğrulup ağrıyan başını elleri arasına aldı, iki avucunu tüm kuvvetiyle şakaklarına bastırdı. Sanki beyninin içinde dolaşan yüzlerce asker vardı ve onların ayak seslerini duyuyordu. Ayağa kalktı. Akşamın alaca karanlığında kaybolmuş bir ümidin silik siluetiydi, yağmur damlaları ile birlikte penceresine vuran. Perdeyi sonuna kadar açıp alnını cama dayadı. Camın tenine değen soğuğu rahatlatıcı bir etki yapmıştı, kendini bu geçici rahatlığa bıraktı.

Mahalleyi izlemeye koyuldu. Geçmişin izlerini ararken

pek çok şeyin değiştiğini fark etti. Okul dönüşü, çantalarını sokağa gelişigüzel savurup top peşinde koşan komşu çocuklarının bağrışlarının yerini, mesailerinden dönen tanımadığı çehrelerin hızlı koşuşturmaları, araçların motor ve korna sesleri almıştı.

Alışveriş yaptıkları bakkal Osman Amca'nın dükkânı ışıklı bir levha ile yabancı bir isim adı altında markete dönüşmüştü. Köşedeki kahvede toplanan gençlerin bir yandan sigaralarını tüttürüp diğer yandan aralarında tutuştukları taş tutma kavgalarının zaman zaman sokağa taşması, her gün ikindi vakti aynı nida ile çığırtan Hakkı Efendi'nin, "Ben geldim, gidiyorum" seslenişi ile poğaçalarını düzenle istiflediği el arabasını ittirerek geçmesi, manav Baki Dayı'nın sebzeleri tek tek seçip, itina ile tezgâhını süslemesi, komşu kadınların kapı önü sohbetleri ve uzun yıllarını geçirdiği semtine ait hafızasında yer eden daha nice resimler, geçen yılların mazisine gömülmüştü artık.

Bulut ayrıldığı günden sonra bir daha semtine uğramamıştı. Birlikte büyüdüğü arkadaşlarıyla olan bağını da Amatem'de tedaviye başlamasıyla kesti. İyileşmesinin ardından Melek'e ulaşma çabaları sonuçsuz kalınca sadece İstanbul'u değil tüm hatıralarını da terk edeceğini düşündü.

Oysaki Bulut'a geçmişi hatırlatan bu şehirden gitmek, sadece görsel olarak İstanbul'dan uzaklaşmak demekti. Ne kadar kaçsa da buraya ait olduğunu biliyordu. Sokaklarında oyun oynadığı, kavga ettiği, sarhoş olup naralar attığı, komşu kızına âşık olup kapısının önünde volta attığı ve hayatı öğrendiği yer burasıydı. Babasını toprağına vermiş, annesini emanet etmişti. Arkadaşları vardı. Her birinden farklı şey öğrenmişti.

"İnsan kendini yalnız insanda tanır" derler. Mehmet yalancı yanı, Kâzım korkaklığı, Ali cesareti, Mahmut dürüstlüğü, Celal ise asiliği oldu. Her daim birlikteydiler, mahallenin çetesi olmuşlardı bir zamanlar. Sonra her biri başka başka yerlere sürüklendi. Bulut uzun bir süre Celal'le görüşmeye devam etti. Birlikte esrar çeker, "Kafalar bin beş yüz" olunca toplumu kurtarma planları yaparlardı. Kadıköy'de Celal'e ait olan tek oda evde yaşadılar bir süre.

Celal'in ağabeyi Hasan da onlara takılıyordu ara sıra. Hasan taksiciydi. Aslında yıllardan beri yaptığı taksicilik onun kartviziti idi. Bu isim altında yapmadığı düzenbazlık yoktu. Torbacılık, para karşılığı adam yaralama, kız kaçırma ve illegal daha birçok işte parmağı vardı. Üç kez hapse girip çıkmıştı. Bulut ot alacağı zamanlar ona uğrardı. Ot çeşitlerini iyi bilir hangi kafayı isterse ona göre mal verirdi. Hasan hem içici hem de satıcıydı.

"Geceleri sigara sarmadan işe çıkılmaz Aslan'ım. Kendini korumasını da iyi bileceksin. Torpido ve koltuğun sol alt köşesi dolu olacak. İti var, uğursuzu var. Av olmayacaksın. Bizim meslekte gözü açık olmak lazım" diye anlatırdı yaptığı işi.

Cemal'le Hasan'ın kör bir anaları vardı. Babaları bir gün çekip gitmiş, gidiş o gidiş. Hasan sokaklarda, köprü altlarında, sur diplerinde büyümüş, her işi yapmış ve kardeşiyle anasına bakmıştı. Kanunsuz işlere bulaşıncaya kadar nerdeyse yapmadığı şey kalmamıştı. Kâğıt toplayıcılığı, inşaat işçiliği gibi işlerin yanı sıra, sezonluk kiralanan yazlıklara su taşıma, bahçe bakımı, sitelerin havuz temizliği ve buna benzer daha birçok iş için İstanbul'un çeşitli sayfiye bölgelerinde çalışmıştı. Bir gün Bulut'la çocukluklarını konuşurken bir dönem aynı yerde, Kumburgaz'da yaşamış olduklarını fark etmişlerdi. Bu yüzden Hasan o günden beri ona, "Kumburgazlı" derdi.

Onun pisliğin teki mi yoksa yufka yürekli mi olduğuna Bulut hiç karar veremedi. Onca gence, çoluk, çocuğa zehir satıp hayatlarıyla oynarken, evden yemek artıklarını getirir, kuru ekmek parçalarını toplayıp süt alır ve ıslatıp sokak kedi, köpeklerini beslerdi. "Bunlar da can yiğidim. İnsan olmayı biz seçmediğimiz gibi onlar da hayvanlığı isteyerek seçmedi. Günahtır, beslemek lazım" derdi.

BAZI HİKÂYELER ANLATILMAZ

Bulut uyuşturucu tedavisine başladıktan sonra ne Celal'le ne de Hasan'la bir daha görüşmüştü. Ara sıra haberlerini alıyor, ortak tanıdıklarla selamları geliyor ve sitem sözcükleri yollayarak onu çağırıyorlardı. Sessiz kalmıştı tüm görüşme ısrarlarına... Geçmişe geri dönmemeye kararlıydı.

Bunca yıl sonra eski arkadaşlarıyla karşılaşsa bile tanıyıp tanıyamayacağını düşündü. Kimbilir şimdi ne haldeydiler? Yüzlerini hatırlamaya koyuldu ama hiçbir çehre tam olarak gözünün önünde belirmiyordu. İçini saran merak duygusu ile odasındaki çekmecelere, ardından evin diğer bölümlerindeki dolaplara tek tek bakmaya başladı. Salondaki büfe, televizyon ünitesi, gümüşlük ilk akla gelen yerlerdi. Aradığını bulamayınca mutfakta yemek yapmakta olan Gülseren Hanım'a seslendi.

"Albümler nerde duruyor anne?"

Başında oyalı yemenisi, önünde mutfak önlüğü bağlı yaşlı kadıncağız oğlunu daha iyi duyabilmek için salon kapısının eşiğine doğru geldi.

"Ne dedin evladım?"

"Eski albümleri arıyorum anne. Her yere baktım ama göremedim. Senin odanda olabilir mi?"

"Hiç hatırlamıyorum ki oğlum. Dur bir düşüneyim."

Kadıncağız baktığı yerlerde görebilecekmiş gibi çevresine göz gezdirdikten sonra söyleyeceği yeri titrek elini uzatarak işaret etti ve en iyi tahmini yaptı.

"Bizim emektar konsoldadır herhalde. Bak şu girişte duruyor. Cilası filan kalmadı artık. Üzerini örttüm. Ayağının teki de kırık. İğreti duruyor. Kıyamıyorum atmaya, anısı var. Geçmişi saklıyor içinde."

Sonra bir şeyler daha söyleyecekmiş gibi durdu ve iç çekip sustu. Bulut annesinin ardından bakarken, onun gözlerinin dolduğunu titreyen sesinden anlayabiliyordu. Yaşlı adımları yıllardır dokunmaya çekindiği anılarının ortaya çıkmasını görmekten kaçar gibiydi. Biliyordu, şimdi geri döndüğü mutfağında sessizce ağlayacaktı.

Annesinin halini görünce, "Keşke sormasaydım. Sanki resimleri bulsam ne olacak" diye söylendi. Kapakları oymalı koyu kahve maun konsol antika görünümündeydi. İki yanında sıralı çekmecelerinden en üsttekinin sarı pirinç kulpuna, kendine olan kızgınlığını ondan çıkarmak istercesine hırsla asıldı. Uzun zamandır kullanılmayan çekmeceler sürgülerinden düşmüş olmalıydı, açılmıyordu. Daha az zorlama ile orta bölümü açtı. İçinden kapağı yıpranmış bir Kur'an-ı Kerim, şeffaf bir poşete sarılmış askerdeyken annesine yazdığı mektupları ve solmuş birkaç siyah-beyaz fotoğraf çıktı. Resimdekiler farklı pozlarda durmuş aynı kişilerdi. İçlerinden birini incelemeye koyuldu.

Çarşaflı bir kadın oturuyor, yanında oldukça uzun boylu, palabıyıklı bir adam ve aralarında 3-4 yaşlarında bir erkek çocuğu duruyordu. Fotoğraftaki yüzler tanıdık gelmedi. Not veya bir isim bulmak ümidi ile arkalarını çevirip baktı. Eski Türkçe yazılmış tarihler dışında bir şey yoktu. Aradığı resimler bunlar değildi ama bu eski konsola saklandıklarına göre annesi için önemi olan kimselerdi.

En alt çekmeceyi çekti, yarıya kadar açıldı, biraz daha kuvvet gösterince dolabın sarsıntısı ile çekmecenin alt kısmını oluşturan ince tahta plaka yerinden çıktı ve o an odaya yayılan ses gördüklerinden daha şiddetli değildi. Renkli cam bilyeler beyaz taş zemin üzerinde oradan oraya zıplayarak saçılmaya başladı. Önce anlamsız gözlerle izledi dağılmalarını ve hemen ardından yuvarlak cam misketlerin yere her vuruşuyla çocuk sesleri gelmeye başladı kulağına: "Verin misketlerimi... Oğlum babana söyle de sana yeni misket alsın... Onun babası yok ki... Babasız çocuk mu olur lan... Ölmüş lan oğlum... Hepsini yüttüm... Hepsini yüttüm... Hey ufaklık sana diyoruz çık git oyundan... Bak hala duruyor... Oğlum siktir git lan... Kaybettin işte..."

Savrulan cam parçalarıyla çocukluğunun en değerli renkleri ile sesler birbirine karışıyordu. Dövülmek bir avuç misketini büyüklere kaptırmaktan daha az acı veriyordu. Babasızlık ise çok daha fazlasını...

"Her seferinde aynı şey. Ver bakim bana onları. Bir daha yok sana bilye. Hepsini çöpe atıyorum bak!"

"Yapma anne! Ne olur ver misketlerimi..."

"Şu haline bak. Yine mi dövüştün?"

"Onların zaten bir dolu misketi var. Benimkileri de almak istiyorlardı."

"Sen de kaybetmeseydin oyunu."

"Babam yok, ondan..."

***

Cılız cüssesinden hiç beklenmeyecek bir güçle misketlerini alanların üzerine atlamıştı. Sımsıkı yaptığı yumruklarını savuruyordu hırsla. Kaç kişiden yumruk yedi, kaç defa toprak zeminde tekmelendi hatırlamıyordu. Sonunda kurtarmıştı misketlerini. O zaman hiç ağlamamıştı. Kurtardığı misketleri annesi attığında da ağlamamıştı. İşte yıllar sonra çocukluğunun parçaları avucunun içindeydi. Bulut'un koca bedeni dizlerinin üzerine yığıldı. İki büklüm bir halde gürleyerek ağlamaya başladı. Gözyaşları dindiğinde hırsı geçmemişti. Var gücü ile attığı yumruğun ardından konsolu tutan diğer üç ayak da kırıldı ve antika mobilya şiddetli bir gümbürtüyle yere yıkıldı.

Gürültüleri duyup gelen Gülseren Hanım gördüğü manzara karşısında ne yapacağını şaşırdı.

"Evladım neler oluyor! Ne bu hal!"

Geçmişin hesabını, kaybettiğini sandığı bilyelerle annesine sormak belki de o an yapacağı tek şeydi. Avucundaki her birinin gövdesi farklı renkte olan, içi mavi, yeşil, kırmızı, turuncu yuvarlak cam parçalarını uzatarak sordu.

"Hani atmıştın sen bunları?"

Anlamsız halde oğlunun elindeki misketlere bakan kadıncağız ne diyeceğini bilemedi. Birkaç dakikalık sessizlikten sonra kekeleyerek konuşmaya başladı.

"Önce atmıştım. Sonra kıyamadım, çöpten toplayıp sakladım. Sen çok severdin bilyelerini. Her gece yatmadan önce sayar torbasına koyardın. Sen büyüyünce verecektim ama unutmuşum işte."

Bulut, hesap sormaya devam ediyordu.

"Madem çok sevdiğimi biliyordun, neden elimden aldın anne? Neden?"

Yaşlı kadın anlatırken sanki o günü yaşıyormuş gibi titremeye başladı...

"Eve geldiğinde başından oluk oluk kan akıyordu. Seni o halde görünce çılgına döndüm. Başını taşa vurmuşsun kavga ederken. Bak kaşının üzerinde hâlâ izi duruyor. Şu cam parçaları yüzünden sana bir şey olacak diye korktum. Babandan sonra seni de kaybedemezdim."

"Yenildiğim için hep beni suçlardın. Öldüğü için de babamı suçladın yıllarca."

"Evet, çünkü hesap soracağım kimse yoktu. Yakasına yapışıp, neden kocamı elimden aldın diye hiç kimseye soramazdım. Bu yüzden babana kızgındım, öfkeliydim. O arabayı daha yavaş sürebilirdi, dikkat edebilirdi. Beni kundaktaki bebekle bıraktı. Bize bunu yapmaya hakkı yoktu. Kaybettiğim gençliğimi, yalnızlığımı kim verecek bana? Kayıplarımın bedelini kim ödeyecek oğul?"

Sicim gibi yaşlar dökülüyordu çizgilerle kaplı yanaklarından. Yılların verdiği acılardan kırışmış, buruşmuş yüzü daha bir çökük duruyordu böyle ağladığı zamanlar. Kimseye göstermezdi gözyaşlarını. Geceleri odasına çekilince hesaplaşırdı acılarıyla. Belki de Bulut da ilk kez görüyordu annesini bu halde. Çok geç kalmış bir konuşmaydı. Sözler daha bir ağırlaşıyordu gözyaşlarıyla birlikte akıtıldığında.

"Bu yüzden mi kaldırdın babamın bütün resimlerini? Senelerce adını hiç ağzına almadın!"

İhtiyar kadın oğlunun gözlerine bakmadan kısacık bir "Evet" ile onu cevapladı.

Bulut'unsa birikmiş çok sözü vardı.

"Sen beni de cezalandırdın. Yıllarca sanki babam hiç olmamış gibi yaşadık. Ne bir resmini astın duvara, ne de ona dair bir şey anlattın. Hep merak ettim babama benziyor muyum diye. O da benim gibi esmer miydi? Uzun boylu muydu? Kızınca alnının sol üst köşesi seğirir miydi? Hiç sormadın babanı özlüyor musun diye? Akşamları mahallenin evine giren son çocuğu olmak... Babasızlık böyle bir şeydi işte. Hava karardığında arkadaşlarımın anneleri bir bir pencerelerinden çıkıp onları çağırırdı, 'Baban geldi' diye.

Bayram sabahları camiye gitmemek için yataktan kalkmaz, uyuyor numarası yapardım. Kızardın bana. Dedeme şikâyet ederdin, ne tembel bir çocuk bu, diye. Babalarıyla gelirdi tüm oğlanlar. Yeni kıyafetlerini gösterir, aldıkları bayram harçlıkları ile kimin babası daha çok para verdi diye birbirine caka satarlardı. Sen kocanı kaybettin ama ya benim kayıplarım? Bundan sonra kaybetmeyeceğim anne ve de kaybettiklerimin hesabını soracağım. Tek tek soracağım hem de..."

Mezarın başında kanlar içinde yatan adamın hayali belirdi yine gözlerinde. Gerçek olmayan cinayeti üstlenmek bir delinin işi olabilirdi ama o hayali gerçeğe dönüştürmek ve kaybettiklerinin öcünü almak belki de yapacağı en akıllı işti. Melek'in ölüm haberi gelene kadar en büyük kaybı babası sanırken şimdi sevdiği kadını kaybetmenin gerçeği ile yüzleşiyordu ve onu elinden alan kişi şimdi hiçbir şey olmamış gibi hayatına devam etmekteydi. Öfkesi tüm kontrolü ele geçirmeye başlamıştı. Soğuk terler boşalmaya başladı ensesinden. Çocukluğundaki gibi yumruklarını hırsla sıktı. Kesik solumalarının ardından nefret dolu cümleler duyuluyordu:

"Geberteceğim seni aşağılık herif! Yaptıklarının hesabını vereceksin! Seni öldürmeden bana rahat yok bu dünyada!"

İSTANBUL AĞRISI

Bulut hırsla çekip gittiği kapının ardından annesinin haykırışlarını duymayacak kadar sinirliydi. Gideceği adrese geç kalmış birinin telaşı içinde hızlı adımlarla yola çıktı. Yıllar öncesinde kalan durağın yerli yerinde olmayacağı ihtimalini dahi düşünmüyordu. Tek düşüncesi Hasan'ın hâlâ orada olup olmadığıydı.

Şansı yaver gitti. Çapa'daki taksi durağı bıraktığı gibiydi. İstanbul'daki onca değişime karşın hastanenin olduğu ana caddeye sanki hiç el değmemişti. Tanıdık levhalar çarptı gözüne. Yan yana sıralanmış eczaneler, tıbbi malzeme mağazası, büfe ve köşedeki eski taksi durağı... Kimbilir kaç gece gelmişti buraya!

Önünde durduğu taksinin içinden kendine seslenilmesi üzerine düşüncelerinden sıyrıldı:

"Ne tarafa beyefendi?"

"Şoför Hasan'ı arıyorum. Tanır mısınız? Beş-altı yıl öncesine kadar burada çalışıyordu."

Araçtan dışarı çıkan otuzlu yaşlarındaki adam, Bulut'u

dinledikten sonra dudaklarını aşağı sarkıtıp kısa bir süre düşünür gibi yaptı.

"Yok abi. Hiç hatırlamıyorum öyle birini. Yeni başladım ben de. Geçtiğimiz aya kadar Boğaz'ın taksisiydim. Emirgan'da Çınaraltı'ndaydı durağım. Zıt düştük bizim patronla. Sonra geldik buralara. Oraların yolcusu bile bir başkadır bilir misin abi? Burada ise ambulans gibi olduk anasını satayım. Hastadan, dertliden başkası nerdeyse binmiyor. Doğru düzgün iki çift laf edilmiyor. Dinle dur milletin çilesini."

Adamın çenesi bitecek gibi değildi. Bulut sıkıntıyla etrafına göz attı ve sonunda şoförün lafını kesti:

"Senden başka kimse yok mu durakta?"

"Valla bu saatte zor abi. Zaten yoğunuz, bir de akşam vakti, iş çıkışı, hava da soğuk. Beni bulduğuna şükret. Sen iyisi mi daha geç gel. Eskilerden birkaç kişi var. Belki onlar tanıyordur arkadaşını. Sahi arkadaşın mıydı? Yoksa akraba mı? Memleket nereydi abim?"

Tam o esnada bir çiftin yanlarına gelerek taksinin boş olup olmadığını sormaları ile Bulut, bu ardı arkası kesilmeyen muhabbetten kurtarabildi kendini. Trafik lambasının yeşile dönmesi ile karşı caddeye geçerek insan kalabalığının arasına katıldı. Otobüs durağına doğru yürürken nereye gideceğine henüz karar vermemişti. Kısa bir süre bekledikten sonra içi kalabalık olmasına rağmen gelen ilk otobüse bindi. Aynı yöne doğru farklı amaçlarla giden bir otobüs dolusu insanın nefes ve ter kokusunun ağır havası yüzüne çarptı. Sonra her şarta uyum sağlayabilen insanoğlunun kaderi benimseyişi gibi, Bulut için de mevcut durum biraz daha olağan bir şekle dönüştü ve yolculuğun sonuna değin katlanılabilir bir hâl aldı.

Zaten hep öyle olmamış mıydı onun hayatı da! Babasız bir çocuk olmayı kabullenmişti, küçük yaşta büyük olmuştu, işçi olmuştu, haylaz olmuştu, bağımlı olmuştu. Yaşam önüne ne çıkarttıysa onu oyunun kuralına bakmaksızın oynamıştı. Sayısız kadın girmişti hayatına. Birkaç ayı geçmeyen birlikteliklerdi en uzun ilişkileri. Tek takılıp kaldığı ise Melek'ti. Onu tanımamış olsaydı belki de şimdi yaşamıyordu. Kaç durak gittiğinin farkında olmadan otobüsün durması ile açılan kapıdan kendini dışarıya bıraktı. Nerede olduğunu anlamasına gerek kalmadan, ilk adımıyla Eminönü'nün kendine özgü sesi, havası karşıladı Bulut'u.

Deniz kıyısında sıralanmış motorlardan balık-ekmekçilerin seslenişlerine, yayılan kızarmış balık kokularının daveti eşlik ediyordu. Geniş kaldırımdan caddeye doğru yer alan el tezgâhlarında mısır, simit, şerbet, limonata, su, salatalık ve daha birçok yiyecek-içecek çeşidi satan seyyar satıcıların sesleri birbirine karışıyordu. Eminönü deyince alışılmış görüntülerdendi bu manzara.

Bulut ağır adımlarla Galata Köprüsü'ne doğru ilerlerken bu şehri ne kadar özlediğinin bir kez daha farkına vardı. Vapurların birbirlerini selamlayan düdük sesleri arasında martıların çığlıkları duyulurken, Burgazada vapurunda başını Melek'in dizlerine koyarak yol boyu uyuduğu ana döndü düşünceleri. O zamanlar uzun olan saçlarının arasında gezinen Melek'in ince parmakları ile daldığı kuş uykusundan hiç uyanası gelmemişti. Rüzgârın savurması ile duyduğu

Melek'in kokusuna denizden gelen esinti eşlik ediyor, sözsüz bir ninninin tanıdık nameleri arasında kendini onun ellerine bırakıyordu. O an yaşanan aşktan öte bir duyguydu. Tarifi ancak tereddütsüz sevilmenin huzuru olabilirdi. Martıların hikâyesini anlatırken Melek'in çocuksu ve şaşkın yüz ifadesini getirdi gözlerinin önüne.

Evet çok özlemişti onu. Hatta İstanbul'dan daha çok özlemişti. Anlattığı her şeyi soluksuz dinlemesini, çok iyi bildiği bir konu dahi olsa sanki ilk kez kendinden duyuyormuşçasına hayret edişini... Bir daha hiç kucaklayamayacağı, sesini duyamayacağı ve dizlerinde uyuyamayacağı Melek'inin İstanbul gibi içine işleyen bir yanı vardı. Ne kadar uzağına gitse de hep içinde yaşayan bir parçası, rüzgârı, sıcağı, kokusu ve aşkı...

O sırada Yeni Cami'den yükselen ezan sesi kapladı etrafı. Çevresindeki insan selinden, caddeden akmakta olan araba gürültüsünden, işportacıların bağırmasından ve kendi iç sesinden çok daha güçlüydü günün son vakti için Allah'ın kullarını çağıran duası. Eminönü Köprüsü'nün her iki tarafında sıra sıra dizilmiş balık tutanların sabrını diledi Rabb'inden. Sabır her kapıyı açan anahtarken şimdi açılacak bir kapısının olmadığını bilmesine rağmen dua etmenin rahatlatan etkisi ile hafiflediğini hissetti.

Havanın kararması ile yanan ışıklar farklı bir albeniye dönüştürüyordu şehri. Acıları daha bir dışa vuruyordu insanın. Ağrılı bir kalbi taşımanın haz veren yanını tutup çıkartıyordu akşamın esintisi. Kurulan rakı sofralarında, balık mezelerinde, şiir sohbetlerinde eski bir sevdanın şarkısı eşlik ediyordu hatıralara.

Ve böyle bir manzaraya karşı bakıp, bir şiir okumadan durulmazdı İstanbul'da.

(...)
ulan İstanbul sen misin
senin ellerin mi bu eller
ulan bu gemiler senin gemilerin mi
minarelerini kürdan gibi dişlerinin arasında
liman liman götüren
ulan bu mazot tüküren bu dövmeli gemiler senin mi
akşamlar yassıldıkça neden böyle devleşiyorlar
neden durmaksızın imdat kıvılcımları fışkırıyor
antenlerinden
neden
peki İstanbul ya ben
ya mısralarını dört renkli duvar afişleri gibi boy boy
gümrük duvarlarına yapıştıran yolcu Abbas
ya benim kahrım
ya senin ağrın
ağır kabaranlarınla uykularımı ezerek deliksiz yaşattığın çaresiz zehirler kusan çılgın bir yılan gibi
burgu burgu içime boşalttığın
o senin ağrın
o senin...
(...)*

* Attilâ İlhan, İstanbul Ağrısı

DERT, ADAM YAPAR

Bulut bir sonraki gün tekrar taksi durağına gitti. Bu sefer saat gece yarısını geçiyordu. Durakta bekleyen boş taksiler vardı ve önceki gelişinde kapalı olan durak kulübesi de açıktı. İçtikleri sigaralardan duman altı olan camekânlı küçük odada üç kişi oturuyordu.

"Selamünaleyküm" diyerek içeri giren Bulut'u yaşlı olanı cevapladı.

"Aleykümselam evlat."

Bulut, Hasan'ı aradığını söylediğinde, adam önündeki çayından birkaç yudum aldıktan sonra boş sandalyeyi göstererek oturmasını istedi.

"Geç otur hele. Bir çayımızı iç. Dün gece soran da sen miydin?"

Otururken uzatılan çay bardağını önündeki sehpaya koyarak yanıtladı adamın sorusunu.

"Evet dayı."

Elindeki tahta tespihi ağır ağır çekmeye devam eden ihtiyar belli ki sorgulamadan söylemeyecekti Hasan'ın yerini. Bu yüzden sabırlı olması gerektiğini hissetti Bulut.

"Sen niye arıyorsun bakim Hasan'ı?"

"Eski bir arkadaşıyım."

Adamın bu cevaptan tatmin olmamış bakışlarını görünce Bulut çayını içerken anlatmaya devam etti.

"Kardeşi mahalleden arkadaşımdı. Onun vasıtası ile Hasan abiyi tanıdım. Sonra bağlantımız kesildi."

O sırada odadaki diğer kişiler kendi aralarında müşteri alma tartışmasına girmişlerdi. Yaşlı adam onlara doğru başını çevirip, "Yavaş olun beyler" diye azarladı. Cebinden çıkarttığı sigaralığını açıp içinden aldığı sarma sigarayı yaktı ve kutuyu Bulut'a uzattı.

"Bunca zaman niye arayıp sormadın ki!"

"İstanbul'da değildim. Yeni geldim."

"Nerden geldin? Ne iş yaparsın evlat?"

Adamın babacan tavırları sert yüz hatlarına uymayacak kadar zıttı. Bulut karşısındaki bu kır saçlı ve sakallı ihtiyarın sorularından rahatsızlık duymadığını fark etti. Başka zaman olsa sinirlenir, çekip giderdi. İsmini dahi bilmediği bu yabancıya başından geçenleri bir çırpıda anlatmak istedi. Sevdiği kadını toprağa verdikten sonra aşkın anlamını bulduğunu, yaptığı hataların yıllar sonra karşısına dikildiğinde bedellerini ödeyemediğini ve artık tek düşündüğünün intikam almak olduğunu söylemek istedi. Belki de odanın içinde yalnız olsalardı yapardı bunu. İnsanoğlu ne garipti. Sıkıntılarına çare bulmak için gittiği psikiyatriste veya en yakını bildiği kişilere, hatta annesine dahi derdini açamazken hiç tanımadığı birine içini dökebilirdi.

Bulut, sigarasından bir nefes çekip birkaç kısa cümle ile yetindi:

"Otelciyim. Ilgaz'da bir dağ otelini işletiyorum. On yıl oldu buralardan gideli. Önce Marmaris, ardından Fethiye ve birkaç turistik bölge daha gezdikten sonra Ilgaz'a yerleştim. Son altı yıldır oradayım."

"Yok mu buralarda kimin kimsen?"

"Annem var. Zaman zaman benim yanıma gelir, bir iki ay kalır sonra döner evine."

Yaşlı adamın alnındaki kırışıklıklar, çatık kaşlarının ardında daha belirgin bir hal aldı. Başını öne eğip belli belirsiz gülümsedi.

"Anlaşılan, İstanbul'a küsmüşsün sen evlat."

"Öyle oldu dayı. Öyle oldu..."

Herkesin ayrı bir hikâyesi vardı elbet. Bunu bilecek kadar görmüş geçirmişti. Bulut'un gözlerindeki hüznü okuyacak kadar da insan sarrafı olmuştu bu meslekte. Hissetti daha üstelese çözülüverecekti karşısındaki genç adam. Sormamayı yeğledi. Bazı yaralar kazındıkça etrafında daha derin çukurlar açardı. Kimin derdi yoktu ki? Her bir hayat başka bir sırrı barındırıyordu içinde. "Varsın öyle kalsın" dedi usullacık. "Dert, adamı adam yapar."

"Buyur dayı bir şey mi dedin?"

"Hasan diyordum. Geçen yaz anasını kaybetti."

Yüzünde eksi günlerin griliği dolaştı Bulut'un. İçinin burkulduğunu hissetti o an.

"Allah rahmet eylesin" diyebildi başı önünde.

"Tanır mıydın Hasan'ın annesini evlat?"

"Evet dayı. Mahallede herkes severdi Ela Teyze'yi. Her bayram çocuklara mendil, akide şekeri dağıtırdı. Hasan hep kardeşi ve anası için çabalayıp dururdu. Birçok işe bulaştı. Her ne yaparsa yapsın hepimizin ağabeyi idi. Korurdu, kollardı çevresindekileri. Babasıza baba, kimsesize sahip olurdu.

Yanındakinin aç olduğunu bilse kendi lokmasını verirdi. Allah razı olsun çok yardımını görmüşümdür."

Bulut sözlerini bitirdiği halde yaşlı adam uzun süre gözlerini ayırmadan onu izledi. Eskileri anlatırken alnında oluşan çizgilerden, otururken düşmüş omuzlarından sanki sırtındaki yükü anlamış bir hali vardı. Daha fazla soru sormayı bıraktı. Ama yine de Hasan'ın yerini söylemedi.

"Hasan bıraktı artık o işleri, gelmez buralara."

"Hiç mi?"

"Sen hele bir deyiver bakim adını, görürsem söylerim."

"Bulut dersiniz. "Kumburgazlı" dersen hatırlar dayı."

"Peki evlat. Sen yarın bu saatte yine uğra bakalım."

"Eyvallah."

Bulut, konuşmaları bitince yerinden kalkarak karşısındaki adamı hürmetle selamladı.

"Allah'a emanet ol Bulut oğlum."

***

Ertesi akşam Bulut durağa gittiğinde, Hasan taksi kulübesinde oturmuş kahvesini yudumluyordu. İki eski dost kucaklaştılar. Yıllar onu da yaşlandırmıştı. Saçları beyazlamış ve epeyce kilo almıştı.

"Hayırdır Kumburgazlı hangi rüzgâr attı seni buralara?"

"Bir hatırını sorayım dedim Hasan Abi."

"Eksik olma. Geç otur. Yoktun buralarda. İstanbul'dan gittiğini söylediler."

Bulut bir önceki gece oturduğu aynı sandalyeye oturdu.

Hasan, kapı ağzında bekleyen oğlana bir kahve daha yapmasını söyledi.

"Evet öyle oldu. Ilgaz'da yaşıyorum. Otelcilik işine girdim. Evlendim. İki kızım var. Sen neler yaparsın, Celal ne durumda?"

"Yiye yiye bitiremedi bu şehir bizi be Kumburgazlı. Az çok bilirsin yapmadığım iş kalmadı, girmediğim delik. Yaşlandım artık. Yoruldum. Bazen diyorum, iyi ki ölüm var. Sonsuz bir yaşamı düşünsene. Bir baltaya sap olamadım. Günü geçirmek bizimkisi. Sen akıllılık etmişsin gitmekle. "

"Abi, niye öyle diyorsun! Maşallah iyi gördüm seni."

Sigaradan kalınlaşmış sesi ile gürültülü öksürüğü eşlik etti Hasan'ın alaycı kahkahasına. Sonrasında uzun uzun geçen yıllarını, Celal'in evlenip çoluk çocuğa karıştığını ve serserilikten de vazgeçtiğini anlattı. Hasan eskilerden muhabbetin arasında bu ziyaretin sebebini sormadan edemedi.

"Evet, söyle bakalım Bulut. Yine ot mu lazım?"

"Yok abi. Bıraktım ben onu çoktan. Bu sefer başka."

"Ne? Geveleme ağzında."

"Silah lazım bana."

"Ne yapacaksın silahı? Bu iş oyuncak değildir."

"Biliyorum. Olmayacaksa lafı dolandırma abi."

"Dur bakalım buluruz bir hâl çaresini. Bilmezsin bu âlemi. Sen elini pis işlere sürme kardeşim. Vardır adamlarımız. Adresi ver gerisini biz hallederiz."

"Sağ ol abi. Gerekirse yardım isterim."

Bulut kahvesini içip Hasan'ın yanından ayrılırken biliyordu doğru yere geldiğini. İki gün sonra istediği silah cebindeydi.

ÖLÜYE ÂŞIK OLMAK

Bulut büyükçe bir yudum aldı bardağındaki içkisinden. Boğazını yakarak geçen sıvının bıraktığı hissin aynı oranda beynini de uyuşturmasını bekledi. Ölüm ne kadar acı verebilirdi ki yaşamanın yanında? Yedi kat toprak yeter miydi acıları dindirmeye? Karşı kıyıya baktı. Biliyordu oralarda bir yerde olmalıydı teslim ettiği emaneti. Son bir duygu kıpırtısı oluştu hareketsiz bedeninde. Yanındaki pencereyi araladı. Yalandan akşam esintisi ile ürperdi. Kat kat giyilmişler ısıtmıyordu yüreğini.

Koyu lacivert kapladı meyhaneyi. Mercan denizi gibi kabardı yüreği. Dövüyordu aklını, ruhunu dalgaların sözleriyle. Ne zamandır içmeyi bıraktığı ot gibi sersemletiyordu rüzgârın esintisi. Sigarasından son bir nefes çekti, dudaklarına yayıldı sahte gülümsemesi. Yıllar sonra geri dönen eski dosta sarılmanın huzuruydu parmaklarının arasında tuttuğu. Anason kokusunun dağıldığı loş kimsesizliğinde birkaç masa daha vardı tek başına demlenmeye gelmiş onun gibi. Kulağına gelen sevda şarkısını mırıldandı... "Nereden sevdim o zalim kadını / Bana zehretti hayatın tadını..."

Zamanı unutulmuş ayrılık sonrası gibi bir başlangıçtı beklediği. Masada boş tabak, dolu rakı şişesi ve birkaç soğuk meze çeşidi... Sahi yeter miydi acıları dindirmeye? İnsan, sindiremediği bu yaşamı ancak güvendiği bir omuz, sığındığı bir yürek olursa alt edebilirdi. Yârenlik lazımdı katlanabilmek için zorluklara. Melek'le saatleri su gibi akıp götüren sofra başı sohbetlerini ne kadar çok özlediğini fark etmek için böyle yokluğu görmesi gerekiyordu belki de.

Yılların geri sarıldığı düş âlemine daldı Bulut'un gözleri. Rumeli Feneri'nde birlikte gittikleri balıkçı kasabasındaydılar. Güneş ufuk çizgisinin görülmezlerine çekilirken, geriye bıraktığı kızıl örtünün eşsiz renk cümbüşüne denizin heybetli dalgaları eşlik ediyordu. Yunusların derin sulardaki oynayışlarını seyrederken, suya her dalmalarıyla sanki dünyanın çirkinliği dağılıyormuş gibi gelmişti onlara. Tavanı balıkçı ağlarıyla süslü tahta barakadan yapılmış restorandaki çeşit çeşit mezelerle bezenmiş sofralarında yemeklerini yerlerken Melek'in gözleri parıldıyordu mutluluktan. Birlikte yine unutulmaz anların içindeydiler. Bakışlarını yunusların dansından ayırmadan rakı kadehini sevdiği adama doğru uzattı.

"Sadece su ve hava. Başka hiçbir şeye ihtiyaçları yok. Keşke bizim yaşamımız da bu kadar basit olsaydı."

"Keşke Melek'im. Rahmetli dedemin bir sözü vardı, 'İnsanoğlu, gereksiniminin dışındaki her şeyi gerçek ihtiyacını vererek alır' derdi. Baksana Melek'im ne kadar da mutlular. İnsanoğlu ise para kazanmak adına sağlığından oluyor, birle yetinmek yerine bini istiyor."

Melek gülümseyerek eliyle yunusları işaret etti. "Belki onlar da bizim yerimize geçmek istiyorlardır."

Onun bu neşeli hali Bulut'u da keyiflendiriyordu. "Neden olmasın hayatım. Belki sanal ve kapitalist yaşamımıza imreniyorlardır."

Mutluydular... Birlikte gülüyor, eğleniyor, şarkı söylüyor, sohbet ediyorlardı. Hayata dair konuşacak, paylaşacak çok şeyleri vardı. Ortak bir geleceğin planını yapmamış olsalar da hiç ayrılmayacaklarına dair birbirlerine verilmiş sözleri vardı. Bulut kendi fikirlerini savunurken ümitsizliğe düşse, Melek tutup kaldırıyordu umut vaat eden sözleriyle onu.

"Gelecek nesiller para ile cesaret ve de saygınlık kazandıklarını sanırken, çıplaklıklarını örten giysilerinin markaları ile kuşandıkları suni kişilikler yaratacaklar ve bizler eli kolu bağlı izleyeceğiz bu yeni oluşumu."

"O kadar da umutsuz olma. Çocuklarımızı yetiştirirken öğreteceğimiz değerler ile mücadele şansımız var. Yeni nesiller bizim elimizde."

"Evet, elimizde... Bir avuç savaşçı tüm dünyayı değiştirebilir mi sence?"

"Deneriz Bulutum. Hiçbir şey yapmamaktan iyidir."

"Ah senin bu iyimserliğin yok mu zaten? Pollyanna'dır canımın içi benim."

Bulut boşalan bardağına içki dolduran garsonun gelmesi ile geçmişten ayırdı düşüncelerini. Zayıf, uzun boylu genç oğlanın hareketlerini izlerken kendi gözlerinden süzülen yaşların farkında değildi.

"Suya gerek yok. Bolca buz at yeter" dedikten sonra camdan dışarıya çevirdi bakışlarını. Bir parça beyaz peynir aldı ve ardından içtiği rakının boğazını ferahlatırken aynı zamanda da içini kavurduğunu hissetti. Melek'in onu izlediğini farz ederek aklından geçenleri hızlıca mırıldandı.

"Ah be Melek'im! Ne çok severdin sana, 'Canımın içi' diye hitap etmemi. Şimdi anlıyorum gerçekten de öyleymişsin. Bomboşum artık. Beni dolduran varlığını seni kaybettikten sonra anladım. Sanki giderken yanında beni de alıp götürmüşsün. Ne çok canım acıyor bir bilsen. Sana hep derdim, 'Sevme beni bu kadar' diye, gün gelip de senin hasretinle yanacağımı hiç mi hiç bilmezdim. Aşkın en zor hali bu olmalı. Bir ölüye âşık olmak. Sana varmak için senin gittiğin yoldan başka gidilecek bir yol bırakmadın bana. Sensiz hiçbir şeyin anlamı yok. Buna sebep olanlarsa rahatça nefes almaya devam ediyorlar. Bak ben de soluk alıp veriyorum utanmadan."

Ardı ardına içtiği sigaralardan etrafını saran dumanlı görüntü ile çevresine baktı. Herkes kendi halinde, kendi derdindeydi. Çektiği nefes ciğerlerini yaktı. Bir dikişte bitirdi bardağındaki buzlu rakıyı. İçinin yangınına boğazından yükselen alevler eşlik ediyordu. Elini arkasına doğru götürerek soğuk metale değdirdi parmaklarını. Silahı sıkıştırdığı belinden usulca çekerek kucağına koydu. İşaret parmağını tetiğe geçirdiğinde sağ avucunun içinden bedenine doğru yayılan ürperti ile titredi. Saatler süren bir zaman dilimi gibiydi sanki şakağının üzerine namluyu değdirmesi. Şarkı çalmaya devam ediyordu. "Söylemem sormayın asla adını / Bana zehretti hayatın tadını..."

Aşkın anlamı ölüm, ayrılık, hasret olunca mı gerçek olurdu? Hiç mi kavuşmazdı sevenler? Gözleri yanıyordu. Sımsıkı yumdu gözkapaklarını. Her yanından terler boşalmaya başladı. Gözlerini açtığında etrafı bulanıklaşmıştı. Kucağında duran silahı eski yerine taktı.

Hasan görüşelim demiş ve durağın kartına cep telefonunun numarasını yazıp uzatmıştı.

"Lazım olursa ara Kumburgazlı. Hatta gitmeden önce bir akşam kafaları çekelim."

Numarayı kaydetmek için ne zamandır kapalı tuttuğu cep telefonunu açtı. 72 tane açılmamış mesaj gözüküyordu mesaj kutusunda. Hepsi de Elvan'dandı. En son geleni açtı. Sadece iki kelimeydi yazan: "Dönmeni bekliyoruz."

Tek kelimelik cevap yazdı: "Yakında". Tekrar kapattı telefonu. Oysaki dönüp dönmeyeceğini kendisi dahi bilmiyordu. İçindeki kimliği belirsiz öfke dışarı çıkmak için beynini zonklatıyordu. Arka masalarda oturan adamların konuşmaları birbirine karışıyor, sesleri yükseldikçe yükseliyordu.

Kullanmaktan yıpranan acıların tesirinin geçtiği gibi, son birkaç dubledir su katmadan içtiği rakının da boğazını yakmasından etkilenmez olmuştu. Meyhanenin sarı loş ışığı, birbirine vurulan sarhoş kadehlerin çınlamasına eşlik eden "Şerefe" nidaları, içli bir kadının sesinden yayılan ayrılık şarkısı, dolup boşalan kadehi ile her şey tas tamamdı o gece.

Yalpalayarak kalktı oturduğu yerden. Tahta iskemlenin belinden sırtına doğru yayılan sızısını hissetti ilk birkaç adımında. Ruhu kadar yaşlanmış olmalıydı bedeni de. Hatta bu gecenin sonunda belki daha da yaşlanacaktı. Geçmişi meze yaptığı sofrasında karşısına oturttuğu gençlik günleri, düşünmeden harcadığı hoyrat zamanlarının hesabını soracaktı. Yoktu verecek bir yanıtı, pişmanlığın gelip yerleştiği bu orta yaşında.

"Tuvalet nerde evlat" diye sordu ufak komiye. "Hemen solunuzda bayım" cevabını alınca farkına vardı hela kapısının önünde öylece bekler olduğunun. Yarı açık kapıyı dirseği ile ittirerek içeri girdi. Yer taşları kadar duvar fayansları da kararmış olan helanın havası sidik ve kusmuk karışımı ağır koku içeriyordu. O da meyhanedeki diğer sarhoş müşteriler gibi bunu hissetmeyecekti. Soğuk suyu açıp bir avuç su alıp başından aşağı boşalttı. Saçlarından süzülen sular ensesinden aşağılara indikçe ürperdi. Lavabonun üzerindeki kirli aynada görülen yorgun çehre ona ait değilmiş gibi baktı kendi aksine. Beyazları çoğalmış saçlarını parmaklarıyla geriye doğru taradı. Gençliğinde de kendini öyle aman aman yakışıklı bulmazdı. Kadınları cezp edecek ne vardı bu suratta? "Bakışların" derdi Melek. "Öyle bir bakıyorsun ki, o karanlığın içinden güneşin renkleri yansıyor dünyama ve sadece senle ben oluyor yerküre... Cennet topraklarına ayak basmışım gibi dizlerim titriyor sen bana bakınca... Ve o zaman anlıyorum neden var olduğumu..."

Yeniden bir hançer girdi yüreğine. Sıkıştı nefesi. Soluk alamaz oldu. Kendini dışarı attı can havliyle. Meyhanenin dış kapısına koşar adımla ulaştı. Gecenin ayazı vurdu yüzüne. Ürperdi ama bu soğuk ona iyi geldi. Buraya geldiğinde sırılsıklam ıslatan şiddetli yağmur kesilmişti. Islak Arnavut kaldırımları sokak lambasının sarı ışığının altında parlıyordu. Tek rahatsız eden şey kulağının dibinde yükselen sesti. Başını çevirip baktığında gördüğü manzara kızgınlığının bir anda dağılmasına sebep oldu.

Kapının hemen önüne tünemiş küçükten oğlan çocuğu

boyundan büyük darbukası ile bir şeyler çalıyordu. Böyle bir sesin şu küçücük çocuktan çıkmasına hayret ederken aynı zamanda insancıkların neler yaşadıklarını geçirdi kafasından. Gecenin bu vaktinde evinde olması gerekmez miydi bu çocuğun? Neydi hikâyesi? Burunları delinmiş bez ayakkabısından çıkan mavi çorapları gözüne çarptı. Boğazlı kazağın yakasını ağzını örtecek kadar çekmişti suratına. Hayat sadece kendine zor değildi. Herkes payına düşeni alıyor olmalıydı. Elini cüzdanın attı ve en büyük kâğıt parayı çıkartıp oğlanın eline sıkıştırdı. Çocuk çalmayı yarıda kesip bir elindeki paraya bir de Bulut'a baktı uzunca. Şaşkınlığı sevince dönüşünce ayağa fırlayıp var gücü ile daha hızlı vurmaya başladı darbukanın derisine. Gecenin sessizliği içinde yayılan oynak nameler boş sokağa yankılanırken Bulut kederinin demini bozmaktan korkarcasına meyhanenin hüzünlü havasına geri döndü.

İçeride ayrılık, hüsran şarkıları devam ediyor olmalıydı fakat sarhoş sesler, arada atılan naralar daha çok artmış, çalmakta olan müziği bastırır olmuştu. Bir duble daha sipariş etti garsona.

Kadehleri ardı ardına içerken sabaha kaç kalmıştı bilmiyordu. Etrafındaki masalar boşalırken zamanın yaklaştığının farkındaydı. Aylardır beynini ele geçiren düşüncelerini artık gerçeğe dönüştürmenin vakti gelmişti. Melek'in intikamını almadan rahat yoktu ona ne bu dünyada ne öteki dünyada. İçini kemiren öç alma duygusu ile başa çıkmanın tek yolu bir an önce harekete geçmekti. Meyhanede sabahladığı ilk gece değildi ama Turgut için yatağında uyuduğu son gece olmalıydı. Sonra sıra kendisine gelecekti...

TUTKU İHANETE BOYUN EĞER

Rüzgâr şiddeti ile çevredeki kâğıt parçaları, naylon torba, çer-çöp her ne varsa önüne katıp savururken, Bulut çiseleyen yağmura aldırmadan Turgut'un evinin karşısındaki bankta oturuyordu. Meyhaneden çıktığında sabah ezanı okunuyordu. Geçirdiği son birkaç saati hatırlamıyordu. Gözlerini açtığında masanın üzerine düşmüş olan başının altında kalan eli uyuşmuş, boynu tutulmuştu. Ortalığı temizleyip, yerleri süpüren kominin söylediğine göre defalarca seslenmişler ama sızdığı yerden kaldıramadıkları için öylece bırakmışlardı. Uyandıktan sonra yüzünü yıkayıp, ocakta kaynamakta olan çaydan büyükçe bir bardak içip kendine geldi ve hesaptan arta kalan parayı ortalıkçı çocuğun cebine sıkıştırdıktan sonra dışarı çıktı. Taksiyle Betül'den aldığı adrese geldi.

Şehrin sokakları havanın ağarması ile okul servisleri, belediye otobüsleri, özel araçlar ve türlü insan manzarasıyla dolmaya başlamıştı. Bulut'un ayaklarının dibini basıp ezdiği izmaritler kaplamıştı. Ağzının içinde acı tat ve genzinde yanma oluşturan kaçıncı sigarasını yakmıştı ki apartmanının dış kapısından Turgut çıktı. Bulut onu görür görmez içinde birbiri ile kavga eden sözlerin bağrışmasını duydu.

"Onu şurada hemencecik gebertmeli mi, yoksa hesap mı sormalıyım? Bu adamı mı bana tercih etti? Vazgeçilmez olan ne var bu herifte?"

Turgut kapısının önündeki arabasına doğru yürüyordu. Bulut acele etmesi gerektiğini düşündü ancak, sanki biri koluna yapışmış ve onu durduruyormuşçasına oturduğu banktan kalkamıyordu. Hırsla söylendi: "Göremiyorum ama burada olduğunu biliyorum Melek. Beni engelleyemeyeceksin."

Kolunu tutan Melek'ten kendini zoraki çekermiş gibi ani bir hışımla yerinden kalktı. Hızla caddeyi geçti. Turgut karşısında onu gördüğünde hiç şaşırmadı.

"Seni bekliyordum. Gerçi umduğumdan daha geç kaldın."

"Ne istedin Melek'ten Allah'ın belası söyle."

Turgut küstah bakışın ardında gizlenmiş tebessümüyle Bulut'u küçümseyen sözlerini sıraladı.

"Hâlâ aynısın. Kaba saba adamlığından hiçbir şey değişmemiş. Saçın başın ağarmış ama serseri halin yerli yerinde duruyor."

Ağzından tükürükler saçarak öfke içinde bağırdı Bulut;

"Hayvan herif! Senin yüzünden öldü Melek. Onu aldatmasaydın şimdi hayatta olurdu. Sensin onun katili. Sen de gebereceksin!"

Birbiri ardına söylediği sözlerinin ardından elini ceketine doğru götürdü. Silahı çıkartıp çıkartmamakta tereddüt ediyordu. Alnının ortasından vuracağı tek kurşunla acı çekmeden ölmesinin yerine ağzını burnunu kırıp döve döve öldürmeyi düşledi içinden. Kesin böylesi daha rahatlatırdı onu.

Bir süre konuşmadan öfke dolu gözlerle baktı. İki adam caddenin ortasında karşılıklı durmuş birbirlerinin yüzüne nefret soluyorlardı. Düşmanına hamlesini yapmadan önce tüm gücünü toplayan yaralı hayvan gibi kasılmıştı Bulut'un vücudu. Bir eliyle yakasına yapışıp diğer eliyle kolundan kavradı. Turgut gırtlağını sıkan elden kurtulmak için debelenirken, "Bırak beni" diye bağırmaya çalışıyor ama sesi duyulmuyordu. Birkaç dakika sonra her şey bitebilirdi, ikinci katın balkonundan haykıran kadının sesi yankılanmasaydı.

"Turgut... Turgut... Neler oluyor orada?"

Seslenen Tutgut'un karısıydı. Bir anlık boşluğu ile kendini Bulut'un elinden kurtaran Turgut kuvvetli öksürüğün ardından aldığı kesik nefes alış verişler ile kadını cevapladı.

"Yok bir şey. Gir içeri."

"İyi misin? Kim bu adam?"

"Tamam Nihan iyiyim. Yok bir şey dedim."

Kadının balkondan ayrılmak istemediği belliydi. Bir şeyler mırıldandı önce. Daha sonra tekrar kocasına seslendi.

"Turgut!"

"Tamam. Hadi gir içeri, üşütme."

Turgut karısının endişe içinde duraksadıktan sonra içeri girişini gayri ihtiyari izledi. Tülün ardından hâlâ onlara baktığını biliyordu. Ceketini, yamulan kravatını ve gömleğini düzeltirken kendini olası bir yeni hamleden korumak için geri çekildi. Genzini temizledi ve açıklama yapma gereği hissetti, "Karım hamile. Problemli bir hamilelik yaşıyor. Bizi görsün istemiyorum. Köşede kafe var oraya gidelim" diyerek Bulut'un cevap vermesine fırsat bırakmadan ilerlemeye başladı.

Bulut yapması gereken şeye odaklanmış halde, robot gibi onu takip ediyordu. Avı birkaç adım ötesindeydi. Turgut yaşlanmış olmasına rağmen uzun boyunun verdiği çeviklikle hızlı hızlı yürüyordu. Aralarındaki mesafe git gide açılsa dahi onun kamburu yükselen sırtını hedef almak veya arkası açılmış başını bir kurşunla yere sermek Bulut için hiç de zor değildi. İçinden yükselen, "Daha ne bekliyorsun… Haydi, öldür onu… Sık kafasına" sözlerini bastırmaya çalışıp, düşmanını arkasından sinsice vurmayı kendine yakıştıramadı. İdama çıkan mahkûma bile son söz hakkı verildiği gibi onun da kendisine söyleyeceklerini dinledikten sonra yüzüne doğrultmalıydı silahını.

"Evet, tam alnının orta yerinden vurmalı... Kalbinden değil" diye düşünmesinin sebebi; kendine bile itiraf edemese de o kalbin içinde hâlâ Melek'i taşıyor olduğunu hissetmesinden dolayı olmalıydı. Konuşacağı her ne olursa olsun sonucun değişmeyeceğini içinden tekrar edip duruyordu.

Üşüdüğünü hissetti. Ceketinin yakalarını kaldırdı. Ellerinin titreyişi soğuktan değildi. Genişçe bir bahçenin içinden geçtikten sonra girdikleri kafede duvar kenarındaki masaya oturdular. Yanlarına gelen garson Turgut'u tanıyor olmalıydı.

"Hayırlı sabahlar. Hoş geldin abi. Buyur."

"Bize iki demli çay getir Musa."

"Emrin olur abim."

Çaylar birkaç dakika içinde geldi. Turgut çayına cebinden çıkarttığı kutudan tatlandırıcı atıp uzun uzun karıştırdı. Kaşığı masanın üzerine bıraktı. Ve sözlerine karşısındaki adamın hiç beklemediği bir cümle ile başlayarak, anlatmaya koyuldu.

"O hep seni sevdi. İnsanın karısının bir başkasına aşık olduğunu bile bile onunla yaşamaya devam etmesi ne demektir bilir misin? Tutkunun ihanete boyun eğmiş hali... Sana ait olan kadının sadece bir bedenden ibaret olduğunu düşünmek, ruhuna, kalbine erişememek, sevişirken içinden başka bir adamın adını sayıkladığını hissetmek, sırtını döndüğünde suçluluk içinde gözyaşı döktüğünü bilmezden gelmek ve gözünü kapattığında o adamı düşlediğini bilmek... Yıllarca böyle yaşadım. Kimseye bir şey diyemedim. Böyle bir hikâye nasıl anlatılır ki? Sana rağmen onu sevdim. Sen hep bizim aramızdaydın. Ben hiçbir zaman Melek'e ulaşamadım. En lüks yerlere götürdüm fakat o mutlu değildi, çünkü yanında olmasını istediği kişi ben değildim. En kaliteli yerlerden alınmış kıyafetlerin içindeydi ama onları taşırken dahi yüzündeki hüzün hiç silinmedi. Ne yaptıysam olmadı. Onu öyle çok seviyordum ki ilerde doğacak çocuğumuzla bile paylaşmak istemiyordum. Bu yüzden evlenmeden evvel, "Çocuk yapmayalım, sadece ikimiz olalım" demiştim ve Melek'te onaylamıştı. Aslında bu kararı senin için verdiğini anlamamıştım. Gerçek sebebini çok sonraları fark ettim. O sadece senin çocuğunu doğurmak, senin olmak istiyordu. Bir kandil gecesi ağlayarak dua edişini dinledim. Allahtan seni diliyordu. Senin helalliğini istiyordu. Bu dünyada ve öteki dünyada tek istediği sendin.

Melek'in bunu bildiğimden haberi olmadı. Tıpkı hamile kaldığında niçin istemediğimi ve çocuğumuzu neden aldırttığımı bilmediği gibi. Öfkeliydim, kızgındım, onu bırakamayacak kadar da tutkuluydum. Beni terk etmesinden korkuyordum. Defalarca gitmek istedi. Denedi de. Fakat her seferinde geri döndü. Ailesi veya gidebileceği bir yeri yoktu.

Her kavgamızın ardından Betül'e giderdi. Betül onun hırsını geçirir, sonra da eve geri yollardı. Senin yıllar sonra Melek'i aradığını ve geri döndüğünü de biliyorum. Betül anlattı her şeyi. Melek'ten bunu gizlemeye birlikte karar verdik. Eğer tekrar onun hayatına girecek olursan evliliğimiz biterdi. Senin ona verecek bir şeyin yoktu. Üç beş yıl gönlünü eğler sonra terk ederdin. Ama yanıldığımı anladım.

Keşke sana dönmesine, hatta birkaç aylığına olsun seninle yıllarca hasretini çektiği o büyük aşkı yaşamasına izin verseydim. Ona ne büyük bir kötülük yaptığımı ölümünün ardından bıraktığı not defteri ile anladım. Ben kendi sevdamı tutkulu sanırdım. Meğer benim aşk zannettiğim şey, onun sana karşı yaşadıklarının kıyısından bile geçmezmiş. Sen ne şanslı bir adammışsın. Böylesine sevilmek kaç erkeğe kısmet olmuştur? Kıymetini bilemedin o başka. Ben ne kadar suçluysam sen de o derece suçlusun. Çok vicdan azabı çektim. Onun ardından ben de intihar etmek istedim. Yapamadım. Onun kadar çaresiz olamadığım için, belki onun uğruna ölmeyi göze alacak kadar sevmediğim için, belki de doğacak bebeğim için. Sadece macera uğruna yaşadığım bir ilişkide sevgilim hamile kaldı. Önceleri hiç istemedim. Melek'in bunu öğrenmesi de ona vurulan başka darbeydi. Ama yazdıklarını okuduktan sonra doğmamış bir çocuğa kıyamadım. Anladım ki Melek'te böyle olmasını istiyordu. Dört ay sonra kızım olacak. Adını Melek Azra koyacağım. Ve bundan böyle Melek artık onun adıyla yaşayacak."

Turgut'un susmasının ardından yan masadaki öğrencilerin gürültülü konuşmaları ve kahkahaları doldurdu sessizliği. Garson gelip çayların içilmeden durduğunu görünce geri döndü. Bulut başını önüne eğmiş öylece duruyordu, çevresinde olanların farkında değildi. Melek'e ondan ayrılmak istediğini söylediği günün hayali vardı gözlerinde. Günah çıkarır gibi konuşmaya başladı.

"Yaşlarını dışarı dökmeden nasıl ağlayabiliyordu? Gözbebeklerine dolan yaşlar sicim gibi içine doğru akıyordu. "Ben seni üzemem, karşında ağlayamam. Kimse görmez benim ağladığımı" demişti. Ne çok ağlatmıştım ben onun yüreğini, ne çok... Allahım, ben ne yaptım?"

Bulut bir süre sonra masada yalnız olduğunu fark etti. Etrafına bakınırken Turgut kapıdan içeri giriyordu. Elinde bir defter vardı. Ona doğru uzattı.

"Al, bu senin."

"Nedir bu?"

"Melek'in son gece otel odasında yazdığı defter. İçinde sana yazılmış mektuplar ve şiirler var. Benden çok sende kalması gerekir. Asıl sahibi sensin."

Bulut, kendine doğru uzatılanı almak için kıpırdatamıyordu elini. Turgut, kısa bir bekleyişten sonra masanın üzerine bıraktı siyah deri kaplı defteri ve devam etti sözlerine.

"Eminim, Melek böyle olmasını isterdi."

Arkasını döndü. Birkaç adım attı. Omuzları çökmüş, başı önündeydi. Bulut oturduğu iskemleden aniden kalktı. Elini ceketinin iç cebine soktu. Parmaklarına metalin soğuğu değdi. Turgut ilerledi kapıya doğru. Kapının açılması ile giren rüzgârın esintisi dolandı içeride. Bulut tüm vücudunun kaskatı kesildiğini hissetti. Elleri titriyordu. Soğuktu... Çok soğuktu...

SUSUŞLAR FENADIR

Ölüm bir tetiğin ucundayken aslında sandığınız kadar kolay değildir yaşama son vermek. "Yok" etmek istersiniz hayatı zindana çeviren insanları, yer yüzünden silmek veya zararsız hale getirmek. Hâlbuki çoğu zaman planladığınız olmaz ve zannettiğiniz gibi değildir bildiğinizin iç yüzü.

Bulut aylardır intikam planları içindeyken hiç böyle bir gerçekle yüzleşeceğini düşünmemişti. Turgut'un peşinden gitmesi gerekiyordu, oysaki onun adım adım uzaklaşmasını seyretti. Yaşadığı son yarım saat beklemediği bir hakikati su üstüne çıkarmıştı. İşittiği laflarda doğruluk payı ne kadar yüksekse, duygu payı ondan daha az değildi. Turgut'un yaşadıkları azımsanmayacak bir durumdu.

Masanın üzerinde duran Melek'in defterine baktı. Tekrar yerine oturdu. Bir sigara yakıp, zehri derince içine çekti.

"Burada sigara içemezsiniz bayım. Yasak!"

Sanki kapalı yerde sigara içme yasağını koyan bu sesin sahibiymiş gibi hırs bastı içine. Karşısında dikilen garsona küfredercesine bir bakış fırlatıp, ana avrat sövesi geldi. Sustu...

"İsterseniz kapının önünde içebilirsiniz" diyecek oldu delikanlı, Bulut lafını kesti.

"Anladık. Sen sade bir kahve getir."

Dışarıda birkaç nefes çektikten sonra sigarayı fırlatıp attı ve tekrar döndü duvar kenarındaki masaya. Oğlan kahveyi bırakıp, yeniden azar işitmekten korkarak hızlı adımlarla uzaklaştı yanından.

"İşte baş başayız Melek'im" dedi sessizce Bulut.

Önünde duran defterin deri kapağına parmak uçları ile değdi. Elleri buz gibi soğuktu. Melek'in el yazısı görmek, sayfalara dokunduğunu bilmek daha önce hiç tatmadığı bir acı şekli olmalıydı. Yıllar öncesine gitti düşünceleri. Tıpkı askere giderken çantasın dibine koyduğu kitabını, aylar sonra bulduğu zaman, yapraklarını çevirirken yüzüne vuran evinin tanıdık kokusunu duyduğu anki gibi tıkandı nefesi. Tarifsiz bir sızı düşütü yüreğine. Defteri göğsüne bastırıp bağıra çağıra ağlamak ve, "Neden yaptın bunu kendine? Nasıl kıyarsın canına" diye sormak istiyordu. Sorularının yanıtlarını okuyacaklarında bulacağını bilmek ise isyanına yenilerini eklemek demekti. Bu sefer ölümün kulakları sağır eden sessizliğine karşı gerçekten cevapsız kalacaktı.

Yıllar öncesinde Melek, mektuplarının yanıtsız kalışının sebebini soran şıklar yollamıştı Bulut'a ve demişti ki:

"Bazı susuşlar çok fenadır... Çok fena... Gönderilene cevapsız ve sessiz kalmak... Çok şeyi anlatır aslında sessizlik;

a- söylenecek bir karşılığın bulunmaması

b- yazılanı gereksiz, önemsiz bulmak

c- görmezlikten gelmek

d- bir daha yazma ve gönderme, demek

e- hepsi"

Bulut geçmişi düşünerek sürekli kendini sorguluyordu: "Melek'im, sen aşkına karşılık ararken, ben sessizliğimle sana verdiğim acıların farkında olmadan, "Susuşlarımdan anlam çıkartmamanı, bunun da güzel bir yanı olduğunu" söylemiştim. Oysa söylenecek ne çok şeyimiz varmış. Hep yarınlara ertelediğimiz, yarım bıraktığımız ve artık istesek de tama dönüştüremeyeceğimiz ne çok şey..."

Bulut merak ve aynı zamanda neyle karşılaşacağını bilmemenin korkusu içindeydi. Fakat ecele çare yoktu. Melek'e ait defterden gelişi güzel bir sayfa açtı. Onun el yazısı ile buluşmak, dudaklarını değdirmeden o elleri öpmek gibi bir duyguydu.

"Tutunabildiğim tek sen vardın. Benim hayat ağacım. Yaşam pınarım. Şimdi yavaş yavaş ellerini çekiyorsun benden. Alıştırarak terk etmek, birden bire gitmekten daha az acı mı verir sanıyorsun? Yanılıyorsun. Bu bir işkence. Azar azar ölmek. Önce telefonların seyrekleşiyor, sonra mektupların kesiliyor ve özlemez oluyorsun çünkü artık görüşmüyoruz. Şimdi vicdanın rahat mı? Hani beni hiç bırakmayacaktın? Hani her zaman yanımda olacaktın? Hani ben senin kadınındım? Bunları söyleyen sen değil miydin?"

Silikleşmeye başladı harfler. Bulut devamını okuyamıyordu. Göz pınarları yaşla dolmuştu. Acaba vicdanını temizlemeye yetecek kadar mıydı? Bilemezdi... Tıpkı Melek'in onun sevdasını nasıl sessizce haykırdığını bilmediği gibi... Ya da bilmezden geldiği gibi...

HAYAT BİLDİĞİNİ OKUR

İnsan sevdiklerinin katili. Hareket eden, konuşan, yiyen, içen bir mezar. Sevgi sunanları yavaş yavaş çekiyor içine ve onların duygularını, mutluluklarını hapsediyor kendi çukurunda. Bunu gönüllü kabul eden aşığına ise karşılığında hüznü, ayrılığı ve acıyı sunuyor.

Bulut, Melek'in ona olan aşkından öylesine emindi ki yazdığı mektuplara cevap verme gereği dahi duymamıştı. Sessiz kalışlarının onu günden güne nasıl erittiğini fark etmediği bencilliği içinde ve sonsuz aşkla tapılan bir erkek olmanın şişirilmiş egosu ile ondan daha çok uzaklaşıyor ve peşinden koşturduğunu bilmenin içten içe hazzını yaşıyordu. Melek parçalanmış gururu ile sahip olduğu tek gerçeğinin uğruna yaş dökerek şiirler, mektuplar yazarken, o bastırılmış vicdanını kenara bırakarak gününü gün ediyordu.

Ruhunun en çıplak halini sadece Raif Bey'e göstermişti. Ona anlattıkları geçmişte biriktirdiği fakat kendine dahi söyleyemedikleriydi. Altında ezildiği, zaman zaman kendini kandırdığı, bazen yok saydığı ve kimi zaman da görmezden geldiği gerçekleriydi.

"Bazen bir yalana tutunmanın tüm hakikatlerden daha sağlam olduğunu fark ediyorum. Artık içinde olduğum dünya yaşamak istediğim yer değil. Zorunluluk hali bu, kalan ömrümü bir an önce tüketmek arzusu. Tam on yıldır çevremdeki diğer insanlar gibi olmaya çalıştım. Melek'e verdiğim sözü tutup tedavi oldum, uyuşturucuyu çıkarttım hayatımdan. Etrafımda ördüğüm yeni duvarlarla yalnızlığımı dışarıda bıraktığımı sandım. Yeni çevre ve arkadaşlıklar ile bana uymayan kapitalist düzenin bir parçası oldum. Özgürlüğümü sattım. Maskelerden yapılmış bin bir surat denedim üzerimde. Hepsi yabancıydı ama vazgeçmedim. Her kıllıkta başka bir Bulut'a dönüştüm sanki. Kendimden kaçtım. Şimdi gittiğim yerdeyim. Anladım ki kime dokunsam ona zarar veriyorum. Ben bir hiçim. Koca bir hiç. Oysa fark etmelerini istedim. İnsan olmanın erdemini görmelerini... En değerli kendileri olduğunu bilmelerini..."

"Madem gidecektin neden seni bu kadar sevmeme izin verdin" diye sormuştu Melek. O zamanlar saçma sapan sözcüklerle geçiştirmeye çalıştığı bu gerçeği şimdi anlıyordu. Onun sevdasını hoyratça kullanmış, hayatına giren diğer kadınlar gibi işi bitince fırlatıp köşeye atacağını sanmıştı. Fakat görmezden geldiği bir şey vardı ki; hiçbir kadın tarafından böylesine sevilmemişti. Bunu anlayıp geri döndüğünde çok geçti. Zaman beklemezdi, bilmiyordu. Avucunun içinde tutabildiğin kadardı "an" denilen şey. Varlığında fark etmediğinin kaybedince bir anlamı olurdu.

"Melek'in uğruma döktüğü gözyaşının damlasını dahi akıtmaya kıyamayan o adam ben miyim" diye defalarca sordu kendine. Onun gözüyle kendine bakabilmeyi başaramadı. Belki de insan en güzel cümlelerini çaresizken kurabiliyordu. Shakespeare'in dediği gibi:

Gördüm resim gerekmez senin güzelliğine
Resme hiç yeltenmedim seni göstermek için;
Gördüm ya da sandım ki gitmişsin ötesine
Ozanın borcu olan kısır ödemelerin.
İhmalim bu yüzdendir övgünü unuttumsa;
Sen de görebilirsin sapasağlam yaşarken:
Şu yeni tüy kalemler nasıl kalıyor kısa,
Erdemi hele senin erdemini yazarken.
Suçluluğuma verdin sessizliğimi, iyi
Çünkü bu dilsizliğim şan getirecek bana;
Susuşum yıpratmamış oluyor güzelliği
Başkası can yerine gömüt verirken sana.
O güzel gözlerinin her birindeki canın
Gücünü övemez ki senin çifte ozanın.

Bulut, hafızasından geçen sözcüklerinin ağırlığı altında küçülürken, günden güne çaresizliğinin daha da arttığını hissetti. Melek'in de onu dinlediğini hissederek hesaplaşmasını sürdürdü:

"İşte Melek'im, ben seni böyle sevdim... Shakespeare gibi, Nazım gibi, Puşkin gibi... O zamanlar bunun adı aşk mıydı koyamamıştım. Yazdığın mektuplarında, sessiz bekleyişlerinde ve bunlara karşı benim terk edişlerimde, seni başka tenlerde arayışlarımda cevabını vermekten korktuğumuz sorular vardı. Arzuların eşiğinde kıvranırken kollarımın arasından kaçıp gittiğin o gece hayalimden hiç gitmedi. İki duvar arasında savrulurken, bedenlerimiz tek bir vücuda dönüşmüş, nefeslerimiz birbirine karışmıştı. 'Bırak beni gideyim' diye yalvaran titrek sesin ayırdı gölgelerimizi. Neden izin vermedin Melek'im? Ruhlarımız bütün olmuşken ten tene karışsaydı ne olurdu? Beni öyle bıraktığında ateşimi başka bir tende söndüreceğimi hiç düşünmedin mi? Seni arzularken başka yatakların sağında yattığım gecelerdi belki uykularımda hep sebepsiz inleyişlerimin nedenleri! Sen hiç bilmedin nice geceler adını söylediğimi, seni hayal ederek seviştiğimi...

Ama yine de sana âşık olmaktan hep kaçtım. Sana gerçekten layık olacak birini sevdiğini, onunla mutlu olduğunu ve beni unuttuğunu gördüğüm an, işte o an ben sana âşık olacaktım. Buydu benim planım. Sana o son mektubu da bu duygularla yazmıştım. Oysa sen avucunda mektubum ölüme atladın. Şimdi bir ölüye âşığım. Haydi söyle kim çıkmazda? Gerçekten terk edip giden kim? Sen mi, ben mi? Peşinden gelebileceğimi hiç hesaba katmadın değil mi? Zaten hayat kendi bildiğini okuyor nasılsa..."

SEVDAYI ALDATANLAR

"Dağınık bir yatağın şehvet sigarasıdır dokunamadığım tenin şimdi... Bedeninin değdiği yerlere el sürmeye kıyamazken, sen aramıza giren ölümden daha beter bir yalnızlık içine terk ettin beni. Geride bıraktığın mektuplarla dağlıyorum yaralarımı. 'Şimdi vur başını' der gibi, ikinci mevki localarda seyre daldığım gençliğim sırıtıyor duvarlardan. Kokun sinmiş olmalı ve soluduğun nefes, perdelere. Belki de hâlâ başucumdaki lambanın düğmesinde parmak izin var. Bakışlarının değdiği aynada kendime bakıyorum. Tanınmaz halimi tanıyabilecek kadar geçmemişim kendimden. Suratıma tüküresim geliyor... Kendimi dövesim..."

Bulut dizlerini halının üzerinde kırarak yatağın ayakucuna kapandı. Aylar önce Melek'in son gecesini geçirdiği otel odasındaydı.

Buraya gelmek için önceden plan yapmadı. Kafede bir süre Melek'e ait yazılarla baş başa kaldıktan sonra bir taksiye atladı ve önünden geçmek dahi istemediği o adresi söyledi. Yolda cep telefonundan otel resepsiyonunu arayarak rezervasyonunu yaptırdığında başını koltuğun arkasına huzurla yasladı. Çok az kalmıştı nihayete ermeğe.

Otel görevlisinin eşliğinde asansörle yedi kat çıktıktan sonra, koridorda birkaç adım geriden yürüyordu. Ayırttığı 716 numaralı odanın önünde durduğunda şakak damarının zonkladığını, göğüs kafesinin sıkıştığını hissetti. Kapıyı açıp geçmesi için yol veren gencin eline cebindeki tüm kâğıt paraları tutuşturdu, onun şaşkın bakışlarının ardından teşekkür etmesine fırsat bırakmadan, odasına bir şişe viski yollamasını isteyerek içeri girdi ve kapıyı ardından örttü.

Acaba zaman, içinde bilinmezi hapsederken beraberinde alıp götürdüklerinin hesabını yapıyor muydu? Birkaç ay öncesi Melek'i konuk eden bu oda, son saatlerini geçireceği mekân olacağını biliyor muydu?

Bulut destek almak için yaslandığı duvarda dakikalarca loş odanın griye çalan tül perdesinin ardındaki balkon boşluğunu izledi. Sırtının orta yerine doğru inen ter damlalarının soğuğu ile ürperdi. Bakışlarını sabitlediği alan, bir yaşamın sona erdiği yerdi. Halının aşınmış yüzeyi, mobilyaların eskiye çalan görüntüsü, çift kişilik yatağı kaplayan saten örtünün koyu bordo rengi, ikinci sınıf bir otelin iticiliğinden öte bir çirkinlik sergilemekteydi.

Kapının çalması ile daldığı düşüncelerden sıyrıldı. Az önce sipariş ettiği viskinin yanında içi buz parçaları dolu bardak ve küçük çerez tabağı olan tepsiyi çocuğun elinden alıp kapıyı kapattı. Başucundaki komodine elindekileri bıraktıktan sonra ceketinin iç cebinden Melek'in yazdığı defteri çıkarttı. Aradığı cevapları bulacak mıydı? Bulması neyi değiştirecekti? Hiçbir sorunun cevabını veremeyecek kadar bitap haldeydi.

Alelade açtığı bir sayfayı okumaya başladığında içini parçalayan, boğazını yakarak inen içki değil Melek'in kendisi için yazmış olduğu satırlardı.

"Çaresiz bekleyişlerde... Yağmur öncesi hüznünde şimdi gözlerim... Sararmış sayfalar arasına sakladığım bir dal beyaz gülün kurumuş yaprakları gibi susuz kalmış yüreğimin terk edilmiş caddeleri... Korkuyorum karanlıklarda aramaya yollarımı... Gittiğinden beri bir yanım kırık, bir yanım ağlamaklı... Annesinin elini bırakıp kaçan çocuğun pişmanlığında şimdi yalnızlığım... Söyleyecek sözüm bitmiş... Gözlerime gelip oturmuş hasretin... Başımı yasladığım omzun gibi bir hayal bahçesinde falımda çıkan kocaman kalbim... Saçlarımdan süzülen aşkın ıslaklığı ve biraz da temmuz sıcağı... Ürkek... Çekingen... Tozu dumana katan sessizlik içinde kelimelerin çığlığı... Satırlar üzgün... Cümleler ağlamaklı... Dokunurken özleyecek kadar ateş sarmış parmaklarımızı... Belki de iki sokak köpeğinin şahitliği kadar sarılmalarımız... Sana geceden bakıp özlerken, iliklerimize işlemiş ayrılık... Bilirsin, gelmesen de beklerim senelerce... Ve sen gözlerimden okursun... Sen ki beni dostluğuna bile layık görmemişken, ben çekip gittiğin kışların soğuğunda kaldım öylece... İçimde kızmalar var, küskünlükler ve aşkımdan daha güçlü bir gurur... Gün olup

bana yaşattıkların için pişmanlığını öğrensem dahi, seni affetmeyeceğimi biliyorum... Ama sen bilmiyorsun... Şimdi uçmak kadar özgür, aşk gibi cesur sözlerim... Ve yağmur öncesi hüznünde gözlerim..."

Bulut, okuduklarından sersemlemişti. Yatakla balkon arasında defalarca gidip geldi. Ardı ardına içtiği sigaralardan duman kaplamış odanın içinde, alkolün verdiği uyuşukluğa kendini teslim edip kaybolmak istiyordu. Bulanıklaşmaya başlayan eşyaların görüntüsü, karanlık çöken loşlukta sanki yer değiştirmeye başladı. Sisler içinde gördüğü başka bir şey daha vardı. Bu, o lanet gecenin içine düşen Melek'in silueti idi. Büyük yatağın kenarında dizlerini karnına doğru çekerek kıvrılmış halde yatıyordu. Bir çocuk kadar küçülmüş olan zayıf bedenini seyrettikten sonra önünde diz çökerek, onu uyandırmaya korkarcasına ürkek dokunuşlarla yastığı kaplayan saçlarını okşadı, parmak uçlarıyla gömleğinin açık yakasından teninin yumuşaklığına değdi. Aylardır düşlerde olsun görmeye hasret kaldığı yüzünü avuçlarının arasına aldı. "Melek'im" diye fısıldadı. Sonra bir daha... Bir daha...

"Melek'im... Melek'im..."

Defalarca adını tekrar etti. Oysa söylemek istediği onca şey vardı. Aklından uçup giden af cümleleri, sevda sözcükleri ve hatta yakarışları, hepsi tek kelimede toplanmıştı artık.

"Melek'im..."

Melek'in yazdığı bir şiir yankılanıyordu duvarlardan... Ve ardı ardına aynı şiirdi Melek'in sesiyle duyduğu...

Dost kalamayız demişsin son mektubunda
Meğer koca bir yalanı yaşamış hatıralar
Zalime ahım var sakladığım gözyaşımda
Gün gelir ağlar sevdayı aldatanlar

Ben affetsem, Mevla'm sorar
Yar bu ne vicdan, bu nasıl aşk
Kalpsize sitem var bıraktığın kollarımda
Gün gelir ağlar sevdayı aldatanlar

DELİRMİŞ OLMAK LAZIM

"Şiir sevmek lazım, biraz da şiir yazabilmek; seni anlatabilmek için... Hayal kurabilmek, düşlerde gezinebilmek... Şimdi, tıpkı bana söylediğin gibi, duyduğum her ses bir şiirin mısralarından kopmuş ve her laf seni anlatır sanki... Sözcükler dökülürken dudaklarımdan, kâğıda-kaleme ihtiyaç yok artık... Ne zamandır sana yazmaları da kestim. Soğuk bir mahzende yıllanmayı bekliyor kelimelerim.

Yaşlanıyorum günden güne. Şikâyetçi değilim. Bilirsin, ben zamanın bir an önce akıp gitmesini isterdim. Fakat şimdilerde düşünüyorum da, bu geçen zaman sonunda bana seni getirmeyecekse dursa da olur. Göz kenarlarımda kırışıklıklar oluşmaya başladı. Ellerimin üzerinde ufak lekeler. Seviyorum hepsini. Seni hatırlatıyorlar. Neden mi? Her biri tanıyor seni. Adını sayıkladığım gecelere şahitler, ettiğim dualara, ağladığım yarınlara...

Bilmediğim şehirlere gidiyorum, yabancı sokakları dolaşıyor adımlarım. Biliyorum sana rastlama ihtimalim yok ama yine de gözlerim arar gibi. Tanımadık çehreler gülümsüyor arada. Hatta ahbaplık kurma çabasına giriyor bazıları. Kur yapıp, iltifat edenler dahi var. Ben seni istiyorum... Seni bekliyorum...

Bir duvarım var boş bıraktığım. Hani o en sevdiğim resmin var ya, işte onu büyütüp asmayı hayal ettiğim yer. Kimseler görmüyor, bakıyorsun bana oradan. Gözlerin benim için gülüyor. Tıpkı o fotoğrafı çekerken bana güldüğün gibi. Okşuyorum yüzünün kıvrımlarını. Gözlerinin siyahını, saçlarının karasını... Ve sen evimin başköşesine kurulup, yüreğimdeki gibi kaplıyorsun her yanı. Şiirler dökülüyor dudaklarından... Anlattığın öyküler ve romanlar... Susuyorum... Hem de öyle susuyorum ki bilemezsin...

Delirmiş olmak lazım
Böyle sevmek için...
Sahi deli olmak suç mu
Kapatsınlar zindanlara
Böyle sevmek mi olur..."

Bulut, hayalle gerçek arasında dolaştığı zaman diliminde Melek'in kaleminden dökülmüş mektupları, şiirleri okudukça neyi kaybettiğini sonradan fark eden bir âşığın pişmanlığı ile nedamet denizinde kaybolup, dibe doğru kendini bırakıyordu. Yaşam gücü ile birlikte beden gücü de tükenmişti. Ayağa kalkmayı denedi. Melek'in gittiği yolda huzura ermek için son gayreti ile yattığı yerden doğrulup, destek almak için avucunun içi ile yatağa abandı. Yarı açık olan göz kapakları üzerindeki ağırlık gittikçe şiddetini arttırıyor, mobilyalar, odanın tavanı, duvarlar, etrafındaki her şey fırıldak gibi dönüyordu.

Aynı anda midesi bulanmaya ve öğürmeye başladı. Boğazından kaygan bir sıvı boşaldı. Hiç tükenmeyecek gibi öğürdükçe daha çok artıyordu içinden dışarı doğru fışkıranlar. Ruhunu kaplayan acı, vücudunu esir alıp oradan da oluk oluk çevresine yayılıyordu. Bacaklarından süzülüp ayaklarının üzerine akıyor, sarı-yeşil bir pislik gölünün bataklığında debeleniyordu. Hâlbuki birkaç adım ötesindeydi kurtuluşu. Balkon kapısın ardında onu bekliyordu Melek'i. Ayağa kalkmaya çalıştığında beynine komut veren düşünce gücünü tamamen kaybettiğini fark etti. Olduğu yerde iki büklüm yığıldı. Artık hiçbir şey kontrolü altında değildi. Kendini zifiri karanlığın girdabına teslim ederek, zaman koridorlarının akışına bıraktı. Sanki hiç bitmeyecek yolculuğa çıkmış gibiydi.

Boşluğa doğru düşüyordu. Etrafı iri taşlarla örülmüş bir kuyunun dibine doğru hızla iniyordu. Gözlerini kapattı. Karşı koyamadığı güç tarafından aşağıya doğru çekilmenin sonunda vardığı yer dünyanın merkezi olmalıydı. Pembe küçük kayaların arasından akan suyun serinliğini tabanlarında hissetti. Melek'in gülümseyen yüzü yansıyordu ışıklı bir çerçevenin içinden.

"Hoş geldin Bulutum. En sonunda beni buldun."
"Neresi burası?"
"Beni aradığın yer. Düşlerin."

"Yanına gelmek istiyorum. Senden sonra beni bıraktığın o yerde kalamam."

"Herkes ait olduğu yerde yaşamı bulur Bulut'um. Ben yıllarca annemi aradım ve artık ona kavuştum. Sense hayaldin benim için. Karşılıksız aşkımın hayali temsilcisi... Sonu olmayan bir masal... Bilirim seni affetmemi istersin. Bense seni son kez olsun görmek adına helalleşmeyi mahşere bırakıyorum. O zamana kadar sen kendini affedebilirsen, bunu ben de yapabilirim belki. Verilen sözlerin unutulduğu yer yeryüzüdür, oysaki hesap günü tüm sözler hatırlatılacak ve vebali sorulacaktır yaşatılanların. Sen kendi çektiğin kadarını bilirsin, bense kendi çektiğimi. Geçmişte seni korkutup kaçıran sevdamı, sana bıraktığım mektuplar kadardır sanırsın. Halbuki bilmezsin...

İlk tanıştığımız gün bana aşkın tarifini sormuştun ve sana şu cevabı vermiştim: 'Bırakıp gidebilmektir zamanı geldiğinde. Bazen giderken kendini bırakmak, bazen alıp götürmek yanında aşka dair ne varsa. Uğruna vazgeçebilmek en değer verdiğinden, göze alabilmek hasreti, dil ile söylemeden adını kalbinden zikredebilmek her solukta...'"

Evet, aynen böyleydi, ölüm kadar gerçek ve seni bırakacak kadar güçlüydü benim aşkım... Senden sonra yerine ancak ölüm konabilirdi. Oysa seni yeryüzünde bekleyenler var. Şimdi onlara gitmelisin. Haydi, git artık... Ben bundan böyle sadece düşlerinde olacağım... Bir de sol omzunda...

Şairin dediği gibi
Her bir öpüş için değerdi ölmeye
Yavru kuşun titreyişiydi hayat kollarında

Ya da ilk kez soluk alan bebeğin ürkekliği
Yaşama "merhaba" derken gerçeğe feryat ediş
Buz kesmiş yüreğe düşen ateş
Ezan sesi ile umuda yakarış
Bir dokunuşu ile değerdi son nefesi vermeye
Günaha saklanış Anka Kuşu'nun düşünde
Evet değerdi
Acı çekerek ölmeye
Yüreğine değmeye
Değerdi
Sevmeye..."

***

Bulut, gözlerini açtığında yıllardır süren uykudan uyanmış gibiydi. Gecenin zifiri karanlığının yerini perdenin aralığından odaya giren güneşin ışığı almıştı. Yüzünü aydınlatan bu sabah yeni bir doğuşun müjdecisi olmalıydı. Son birkaç saattir yaşadıkları ile aylardır aradığı soruların cevaplarını kendinde bulmuştu. Eğer aşk ölümse, ölümün de başlangıç olduğuna emindi artık. Aradığı aşkın anlamına kavuştuğu bir başlangıç...

***

"Bütün korkular keşfedilebilir ve en ürkütücü olanlarla dahi yüzleşerek hesaplaşılabilirmiş doktor, yeter ki doğru yerde aramaya çıkılsın. Melek'in yüzünü rüyamda görebilmek için aylarca bekledim. Öfkem büyüdükçe daha da hırçınlaştım. Terapileri bırakmamın sebebi öfkemi kaybetmemekti. Çünkü beni ayakta tutan tek şeyin o olduğunu sanıyordum. Kaybettiklerimin hesabını sormanın gerçeği değiştirmeyeceğini bilmeme rağmen peşinden gittim. Bana göre aşk kaybetmekti çünkü ve aşkımı geri almalıydım. Ama şimdi kaybetmenin de bazen kazanmak olduğunu anlıyorum. 'Öldürmeyen şey güç verir' derler doktor. İnsanoğlunun yenemeyeceği acı yokmuş. Kayıp ve hiçliği yaşadıktan sonra uçmaya devam edileceğini unutmuşum. Melek'im beni bir kez daha kurtardı."

Bulut, gömleğinin iki düğmesini açıp yakasını sola doğru sıyırarak omzunu gösterdi. Kuş figürü içeren siyah-beyaz dövmenin bir kısmı açıkta kalacak şekilde ortaya çıkmıştı.

"Bilir misiniz Anka Kuşu'nun hikâyesini? Kendi küllerinden yeniden doğabilmeyi anlatır."